船手奉行うたかた日記

風の舟唄

井 川 香 四 郎

幻冬舎時代小説文庫

船手奉行うたかた日記

風の舟唄

目次

第一話　帆、満つる

一

安宅船《あたけぶね》の上だったから、揺れの大きさには気づかなかった。

——地震ではないか。

と気づいたのは、引き潮でもないのに海面が下がっているように感じたからである。もちろん目に見えるわけではない。ただ、長年の船頭暮らしのせいか、船長《ふなおさ》の作蔵《さくぞう》はそう察して、俄《にわか》に胸に苦いものが広がったのだ。

「旦那……早乙女《さおとめ》の旦那……」

帆柱の下で舵《かじ》取りの差配をしていた作蔵は、ここ品川沖から、のんびりと江戸湊《えどみなと》を見渡している薙左《なぎさ》の方を振り向いて声をかけた。だが、波音が大きく、風もやや強いので帆が揺れていて、薙左の耳には届いていなかった。

船手番《ふなてばん》同心・早乙女薙左は、船手奉行の戸田泰全《とだたいぜん》から命ぜられて、此度《こたび》の若年寄の船遊びに、護衛として付き添っていた。昨年、若年寄になったばかりの相良肥後《さがらひごの》守《かみ》が、付き合いの深い豪商や大名の江戸留守居役、さらには町年寄から町名主らを招いて、芸者をあげての宴会である。

江戸湾の沖合から、隅田川で打ち上げられる花火を眺めるという趣向である。柳橋や深川から芸者衆も集め、飲めや歌えやの大騒ぎだった。この安宅船の『天龍丸』は、若年寄配下の船手頭が扱っているものである。むろん幕府御用船であるから、表向きは鍛錬ということになっている。

「早乙女の旦那！　聞こえないのですかッ。楽しんでいるときではありませんぜ！」

遥《はる》か遠くの水辺に広がる、暮れなずむ江戸の町並みを眺めていた薙左は、大声に我に返って、はたと作蔵を振り返った。

「あ、すまぬ。あまりの絶景で、つい見とれておりました」

まだ二十歳《はたち》を超したばかりの若い同心ゆえ、薙左は父親ほどの年上の作蔵に、丁《てい》寧《ねい》な物腰だった。それが悠長に見えたのか、

「今宵は暢気《のんき》に花火見物どころじゃないかもしれやせんぜ。この船は沖へ向かって、しばらく様子を見ていた方がよいかもしれねえが、隅田川の屋形船などは危ないし、汐留《しおどめ》や木場など浜辺の人々には早いとこ避難させた方がいいですぜ」

と早口で捲《まく》し立てた。

「むッ　どういうことです」

「……ったく鈍いねえ、旦那もッ」

作蔵は舵を固定すると、帆綱を潜《くぐ》って駆け出した。船首から船尾まで総矢倉で、〝押し廻《まわ》り造り〟という、まるで要塞のような建物みたいになっている。その中を難なく走れるのは、屋根が高く柱が少ないせいもあるが、ふたり漕ぎの大櫓《ろ》が四十丁という漕ぎ手の動きが、安定しているからである。

安宅船の名の由来は、

――敵の大筒もいとわず、安く住居なる意。

と伝えられている。まさに城の一室にでもいるようだが、幕法によって船の大きさは、五百石までと決められている。戦国時代の千石、二千石という大型船は幅七間《けん》、長さ三十間、櫓は百丁もあるので、それに比べれば小ぶりだが、三層の櫓を模した船体は遠目にも偉容であった。

まさに『海上の城』と呼ばれる安宅船は、狭間《さま》からの大砲や鉄砲、矢などの攻撃と、厚さ三寸、高さ五寸の盾板による防御に優れているだけではない。横波にも強く、船底は敷石と漆喰《しっくい》などにより、仮に船体が座礁や大砲攻撃で破損したとしても、なかなか浸水しないような構造になっている。

しかし、この泰平の世にあっては、狭間の中にお飾り程度の鉄砲や矢はあるものの、御座船と変わりない。本当の安宅船は、五代将軍綱吉《つなよし》の治世にほとんどが解体されていた。

船室には、まるで武家屋敷の奥座敷のように金屏風《きんびょうぶ》を背にした、恰幅のよい身分の高そうな武士が、ふんぞりかえって芸者の酌を受けていた。

これが、若年寄の相良肥後守である。

船に招いた十数人の侍や商人らに取り囲まれて、気分よさそうに飲みながら、幇《ほう》間《かん》がひょっとこ踊りをしているのを、浮かれきった顔で楽しんでいた。その雰囲気に水を差すように、作蔵は飛び込んでいって、

「御前！　一大事にございます！　直《ただ》ちに陸《おか》にお戻り下さい！」

とひっくり返るような声で言った。

俄に不機嫌な顔になった相良に、周りの者たちも気を遣っているのがよく分かった。

少しでも不如意なことが起こると、途端にあからさまに気分を害する相良である

ことは、作蔵も承知していた。しかし、何か異様な事態が起これば直ちに進言することも、船頭の務めである。

「すぐに戻ります。よろしいですね」

問答無用の言い草に、ほろ酔い加減の相良は険悪に目を細めて、

「訳を申せ」

「恐らく、何処《どこ》かで大きな地震が起こったかと思います。直ちに千代田の御城にお戻りになり、ご対処なさるべきと存じます」

「ふん。地震とな。それは確かか」

「はっきりとは申せませぬが、恐らく間違いがありませぬ。ここからは遠眼鏡《とおめがね》でも細かいことは分かりかねましょうが、事が大きくなってからでは遅うございます。

「直ちに、直ちに」

「作蔵……おまえ、いつから、そんなに偉くなったのだ」

「――御前」

「今日、この船の主《あるじ》は余だ。見て分からぬのか、うつけもの。宴たけなわゆえな、陸へ上がってなんとする。しかも、今宵は縁起のよい花火じゃ。客人らの楽しみも

これからではないか」

　享保十八年から始まった隅田川両国の花火は、同年に流行《はや》った疫病で亡くなった人々の霊を鎮撫するために行われたものだ。が、やがて、江戸町人の魔除《まよ》けを意味することにもなって、夏の風物となっていた。

「しかし……」

「黙れッ。万が一、おまえの言うとおり地震であったとして、案ずるに及ばぬ。城には老中も他の若年寄もおるゆえな、油断なく適切に対処をしおるわい」

　当然のことである。

　しかし、諸藩の大名を相手にする老中に対して、若年寄は幕臣である旗本や御家人の支配を役目とする。そして、おおむね、老中は文官、若年寄は武官を担当しており、ひとたび戦《いくさ》や災害が起これば、陣頭指揮を執るのが若年寄の役目だ。

　にもかかわらず、これから打ち上がる花火が楽しみだとは何事だ——と喉《のど》まで出かかったが、作蔵はそこは抑えて、

「ですが、御前。何事もなければ、また戻って来ればよい話です。番方を差配する御身であらせられますから、ここは江戸町民のためにも……」

「ええい。黙れ、下郎!」

「下郎……」

さすがに作蔵も船長として、激しい屈辱と憤りを感じたのか、目つきが変わった。怒りに震えて、胸が大きく膨らんだのを察して、

「船長の言うとおりだと思います」

と薙左が割って入った。

「もし、相良様が招いた人々のことを、おもんぱかっているのでしたら、私とともに艀《はしけ》にて一緒に戻ってもよいかと。船手奉行所の者たちが、近くに御用船にて控えておりますれば」

護衛として、船手番同心や船頭らが、二艘ばかり周辺の海上に待機していた。

「余計なことを言うな。船手のくせに」

船手のくせに……という言葉の中には、

――船手奉行所は、不浄役人の町方よりも格下の役人の吹き溜《だ》まり。

という意味合いが含まれていた。一々、癪《しゃく》に障るようなことを言うが、招かれた客の中に諫《いさ》める者はいるはずもなかった。いや、ただ江戸で屈指の材木問屋と言わ

れる『山城屋』主人の吉右衛門《きちえもん》だけは、遠慮がちだが、

「私どものことなら、お気になさらず、どうぞ、政務にお励み下さいませ」

と申し述べたが、逆に気にすることはないと相良にたしなめられた。

吉右衛門はまだ幕府御用達ではないが、相良が若年寄になったことで、その芽が出てきた。いや、自分の商売のために、山城屋は相良を援助してきたといっても過言ではない。その裏事情を、招かれた人々も承知しているから、余計なことは言わなかったのである。

妙なひんやりとした雰囲気になったが、あえて薙左は続けた。

「今、こうしている間も、何か異変があれば、困ったことになるのは相良様御自身でございます。作蔵の言うとおり、地震があったとすれば、津波が押し寄せる心配もあります。どうか、ここは……」

「黙れと言うておるのだ。そんなに気になるのであれば、船手がまず陸に見に行って、報《しら》せればよい話」

「むろん、そうします。されど、日が落ちて夜になれば、旗を使って、火急にことを報せ合うこともできませぬ」

手旗信号のようなものを、遠眼鏡で確認するのである。しかし、宵闇の中や霧が広がったときには、まったく役に立たない。

「ですから、すぐにでも……」

「くどい！」

相良は手にしていた杯を床に叩きつけた。そして、腹立たしげに脇息《きょうそく》をガタガタ揺るがせながら、

「もっと沖へ出せ！」

と、唐突に作蔵に命じた。

「なぜでございます。御前、どうか、どうか……」

「津波が来ると言うたではないか。ならば、陸に近づければ、余計に危ないではないか。余は招いたこの者たちの命を守らねばなるまい。沖へ出せ、沖へ！」

本当に津波が押し寄せて来るとすれば、相良の言うとおりである。浅瀬になればなるほど津波は高くなり、荒れ狂う。だが、深度がある所では、波の上下は少ないため、沖合を航行中の船は、その場にいる方が安全である。

「よいか、作蔵！　まこと余のことを思うのであらば、沖にいるのがよいのだ。船

手番同心の……早乙女とか申したか。おまえも余の身を守るために戸田泰全に命じられたのなら、篤《とく》とその職責をまっとうするのだな」

鋭い目つきで敢然と命じるや、相良は一同の者たちをはべらせ直し、

「さあさあ。水が入って白けてしもうた。もう一度、初めから踊れ」

と幇間に向かって、チャリンと小判を放り投げた。目の色を変えて、それを拾って額に擦《こす》りつけた幇間は、

「ありがたや、ありがたや」

調子をつけながら、ひょっとこ踊りを続けるのであった。

ぐらり——。

船がさらに揺れた気がしたが、もはや誰も何も言わなかった。

ただ、薙左と作蔵だけが、相良の赤ら顔を射るように睨《にら》みつけていた。

二

「下から突き上げられたような、かなり大きな揺れだったが……これでは、江戸市《し》

中《ちゅう》はもっと酷《ひど》いのではあるまいか」

戸田泰全は海馬《とど》と呼ばれるほどの体を捻《ひね》りながら、薄墨色に暮れなずんだ江戸の空を見上げた。江戸のことを市中と呼ぶのは、海辺や川辺を守る船手の慣わしである。

鉄砲洲《てっぽうず》にある船手奉行所の朱門も傾いており、奉行所屋敷の真ん中を貫く梁《はり》も、わずかだがずれているように見える。近くの稲荷《いなり》の社《やしろ》は完全に屋根が落ち、小さな鳥居も無惨に倒れ、狐の石像も転げていた。それゆえ、密集している市中は尚更《なおさら》、酷いのではないかと案じていたのだ。

船手番与力《よりき》の加治周次郎《かじしゅうじろう》、筆頭同心の鮫島拓兵衛《さめじまたくべえ》、そして船頭の世之助《よのすけ》らも、奉行所の一室に集まり、直ちに被害の状況を調べに出向く仕度《したく》をしていた。世之助はかつて、御召御船上乗役という御家人だったが、船手奉行の戸田にぞっこん惚《ほ》れて、船頭となった豪の者である。

いずれも毎日、海や川に出ているから、真っ赤に日焼けしており、屈強な体からは、

――一刻も早く人助けをせねばならない。

という熱気が噴き出していた。

たしかに、役人の吹き溜まりと呼ばれるほど、殺伐とした所である。江戸城内や町奉行所のような立派な家屋でもなく、従事する者も少ないから殺風景な感じもする。

しかし、これは何か起こった折の〝最前線〟であるがゆえである。命を賭《か》けざるを得ないから、普段から水練や武術の鍛錬を欠かさないが、常に神経を張り巡らせていたら、イザというときに役に立たない。だから逆に、日頃は、奉行所内はまるで賭場や酒場のような荒くれた雰囲気で、花札や賽子《さいころ》で賭け事を楽しんでいる。それを垣間見たクソ真面目な連中が、

「船手はろくに働きもせず、遊んでばかりいる」

とシタリ顔で言っているだけである。もっとも、そういう輩《やから》に限って、江戸が大きな湾に面している湊町であることや隅田川、江戸川、荒川、そして市中を網の目のように広がっている掘割などの水路に覆われて暮らしていることが頭の中に入っていない。だから、洪水などの水害に晒《さら》されては、あたふたするのである。

そんな水辺の〝危険区域〟を担当しているのが船手奉行所であることに、感謝の

欠片《かけら》もないのだ。もっとも、船手の連中は誰かに褒《ほ》められたくて、この仕事を選んだわけではない。薙左の父親のように望んで船手番同心だった者もいるが、大抵は、

——何かをやらかして、船手に送り込まれた訳あり者。

であるのも事実であった。

桟橋から、御用船を出そうとしたとき、轟々《ごうごう》という不気味な音がするなり、ドスンとまた突き上げられるような地震が起こった。先刻のよりは小さな揺れだが、楽観できるほどのものではない。

「余震はまだ続くやもしれぬ。おまえたちもくれぐれも気をつけてな」

戸田に送り出された加治たちは、すぐさま櫓を握り直した。御用船は〝ひらた船〟という底の浅い川船である。海の浅瀬でも堀川でも漕いで乗り入れることができるので、洪水などの災害が起こったときには使い勝手のよい船だった。

船手番同心たちはふたりずつ六手に分かれて、海辺から江戸市中の掘割を見て廻った。

市中には地震の影響を受けて、家屋が傾き、中には倒壊していたり、海鼠塀《なまこべい》や土塀が剝《は》がれ落ち、石蔵ですら崩れかけているものもあった。さらに、通りの地面は

ひび割れになっている所も見られ、大八車などが横転し、荷物が散乱していた。

さらに、掘割の石垣は崩れ、小舟がひっくりかえったり、桟橋や船留めにぶつかったのであろう、舳先《へさき》が壊れているものもあった。

夕餉《ゆうげ》の刻限だったせいか、至る所で火の手が上がっており、中には炎となって燃え上がっている裏店《うらだな》や納屋《なや》もあった。

市中には、七、八間ごとに〝火消し井戸〟があるから、その水を汲《く》み上げて、懸命に燃え盛る火にかけている住人たちの姿があった。井戸といっても、掘り井戸ではなく、地中を走る水道を利用したものである。

町のあちこちでは、男衆の怒声や掛け声が飛んでおり、女や子供たちの泣き声が響き渡っていた。そんな中を、南北町奉行所の同心や町方中間《ちゅうげん》、岡っ引、町火消しらが、倒れた材木や荷物の間を縫うように走り廻っている。つい昨日、見廻った景色とは一転した地獄絵を目の当《ま》たりにして、船上の加治は啞然《あぜん》となったものの、

「火の手に近づかず、風上に逃げろ！」

と懸命に声をかけていた。

どうしてよいか分からず、右往左往している人々を、火除け地や堅牢な建物の多

い寺の敷地などに誘った。かような災害時には、老中・若年寄ら幕閣、旗本・御家人、各藩の江戸藩邸などが、それぞれの判断で、どう対処するかという決まりは、平常時から取り決めてある。

もちろん、町場は町奉行所が指揮し、町年寄や各町の町名主らのもとに、今でいう防災や救護のマニュアルができていた。よって延焼を防いだり、町人を安全な所に移動させたりするものの、まだ地震が起きて間もないせいで、混乱し続けていた。

そんな激しい喧噪《けんそう》の中に、南町奉行所の伊藤俊之介《いとうとしのすけ》も、数人の年寄りや子供の手を引いて、突然、燃え上がった火を避けながら逃がしていた。いつも自分勝手で嫌みな同心であるが、自分の身を盾にして、駆けずり廻っていた。

「伊藤。その子たちを、この船に乗せろ」

掘割から声をかけると、気づいた伊藤は俄に眉間《みけん》に皺《しわ》を寄せて、

「おう、船手番与力の加治様でしたか。ですが手を借りるまでもありませぬ」

与力と同心の身分違いゆえ、丁寧な口調ではあったが、明らかに拒絶するような言い草で駆け去ろうとした。が、加治は声を大きくして呼び止めた。

「その先の橋は崩れておる。それに海風が渦を巻いているから、火の手の行方《ゆくえ》が読

めぬ。さあ、私が御用船で船溜まり裏の空《あ》き地に連れて行こう。ここよりはマシだ」

ほんの一瞬、口元が歪《ゆが》んだものの、町方だの船手などと、つまらぬ意地を張っているときではない。伊藤はそう考えたのであろう。すぐさま老人や子供を加治に任せた。

避難する所へ運んでいる途中も、崩れた橋桁に挟まれて身動きできない漁船や屋形船が無数にあった。折しも、花火見物に両国橋界隈をはじめ、隅田川は沢山《たくさん》の川船で溢《あふ》れていた。水上とはいえ、さすがに異様な揺れを感じたのであろう。我先にと川岸に戻る船も沢山いたが、まだ暢気そうな弦歌が洩《も》れている屋形船もあった。

加治はその船に近づき、いつ津波が来てもおかしくないから、直ちに引き上げろと命じたが、すでにほろ酔いで遊興気分の者たちは生返事で帰ろうとしない。

とはいえ、江戸は海と河川の町である。堀川も含めて、船の往来には御定法によって、厳しい仕儀が定められており、守らぬ船の船頭は罰を受け、船主は大店の闕《けっ》所《しょ》同様の厳しい処分をされる。

「さあ。すぐさま帰れ。町方からも、今宵の花火は取り止《や》めだと、玉屋、鍵屋双方にお達しが出ておる。直ちに引き上げよ」

法螺貝《ほらがい》を吹いて危難を喚起しながら、船手番同心たちが声をかけると、船頭たちは渋々、川岸に船を寄せて、人々を降ろすのであった。だが、大したことはなかろうと高を括《くく》って、水遊びを続ける者もいた。

新大橋をくぐって御船蔵の近くに老人や子供たちを降ろしてから、

――おや？

と加治は首を傾《かし》げた。

桟橋の橋桁の水位が極端に下がっているのである。大雨などのときに、洪水になるかどうか見極めるための水位を測る目盛りがあるのだが、引き潮でもないのにいつもより二尺ばかり水面が低くなっている。

「これは……えらいことだ……」

常に冷静沈着な加治でも身震いしたのには訳がある。この水位の低下は、大きな津波が来る予兆であるからだ。

江戸は慶安二年六月と元禄十六年十一月に大地震があった。いずれも夜で、甚大な被害をもたらした大津波を経験したが、それからはほとんどない。文政年間に火除け地になった秋葉原や両国橋両岸、浅草上野の広小路などは、罹災した人々が集まるためにあるものの、津波が来れば隅田川などの沿岸はひとたまりもない。

「まずいな……実にまずい……」

加治は判断するよりも先に、橋番のもとに走り、鐘を鳴らすよう命じた。何処の橋番が鳴らそうとも、永代橋や両国橋、新大橋、吾妻《あづま》橋などに、鐘の音を伝搬させて、水際から引き上げるよう伝えるのだ。いわば警報なのだが、洪水や津波の実感のない者たちには、煩わしい音にしか聞こえなかった。

——カーン、カーン、カーン。

鐘の音は町火消しの半鐘を招き、水辺にいる者たちは一刻も早く少しでも高いところに避難するように伝えた。

「陸に上がれ！　引き上げろ！」

人々の掛け声が次々と伝達されてゆく光景は、まるで予《あらかじ》め鍛錬されているかのようだった。それこそ波のように広がり、今、取られねばならぬ行いが伝わったのである。

だが、洪水には慣れている江戸町人だったが、徐々に水嵩《みずかさ》が増える川の氾濫と違い、目に見えない津波には恐怖心がないのかもしれぬ。津波は陸に近づいてくるにつれ、浅瀬の土砂を浚《さら》いあげてくるから、泥水である。それが町中に溢れれば、ひとたまりもない。

「花火は中止となった！　川から上がれ、上がれ！」

船手奉行所の同心や船頭たちは声を張り上げ、法螺貝を吹き、鐘を打って、報せ続けていた。

だが……大津波など襲ってくる気配はない。

人々は船手の見込みが外れたのではないか、大袈裟《おおげさ》だったのではないかと疑りはじめたが、これが嵐の前の静けさであったことは、わずか半刻後に分かるのである。

三

天龍丸はまだ江戸湾の沖合にいた。舳先や艫《とも》に松明《たいまつ》が掲げられており、真っ暗になった辺《あた》りは穏やかではあるが、ざわつくような不気味な波音がしていた。

矢倉の座敷では、相変わらず、相良肥後守を中心にした客人たちが、飲めや歌えやのちゃんちき騒ぎを続けていた。江戸市中の災禍を知らぬ船中の客たちも、相良の顔色を窺《うかが》いながら、宴を楽しんでいるふりをしているとはいうものの、陸のことが気になっていた。だが、若年寄の気分を損《そこ》ないたくない思いで、手拍子や掛け声を繰り返していた。

だが、皆が自分の顔色を窺っていると察したのか、相良は少し不機嫌になって、傍《かたわ》らにいた町年寄の奈良屋市右衛門《ならやいちえもん》に向かって、

「どうした市右衛門……つまらぬのか？」

と尋ねた。苦労して若年寄になったせいか、人の顔色を見ることだけには長《た》けていた。

市右衛門は、いいえと首を横に振ったものの、目は笑っていなかった。

町年寄といえば、町奉行から民政のすべてを預かっている江戸町人の長のような存在で、今でいえば副都知事のような責任の重い地位にあった。しかも、神君家康公の招きで、江戸幕府開闢《かいびゃく》以来、世襲をもって任に当たる役職で、奈良屋、樽屋、喜多村の三家しかない。その中でも、奈良屋は筆頭格だから、

――市右衛門。

と名を呼び捨てにされるのには、少々、抵抗があった。

町人といえども苗字帯刀や熨斗目《のしめ》の着用も許されていた。幕府からの拝領屋敷に暮らす、いわば町政の〝専門家〟である。町奉行が代わっても、町年寄の家柄は、代々、代わることがなかった。ゆえに、ほとんどの幕閣や町奉行は、奈良屋と屋号で呼んでいたからである。

「私は御前の中間ではありませぬぞ」

何度、そう言おうかと思ったか。だが、面倒なことになるだけだから、奈良屋は忠犬のように従っていたままでである。

「面白くないのか、と聞いておるのだ、市右衛門」

ふてくされたように重ねて訊《き》く相良の声を聞いて、他の客人は俯《うつむ》き加減に様子を窺っていた。辛抱の限りが尽きたように、市右衛門が何かを言い返そうとすると、横合いから、若い娘が声を出した。

「町年寄なんですから、江戸の町のことが心配なのは当たり前じゃないですか」

可愛らしい声だが、あまりにもハッキリとした言葉だったので、周りの客たちの方が驚いたくらいだった。

「よしなさい、おかよ」

たしなめたのは市右衛門だった。自分の娘なのである。居丈夫な父親にひきかえ、娘の方は華奢《きゃしゃ》で小柄であったが、目がくりっとしていて、何事にも物怖《ものお》じしない風貌だった。島田に結った髪には飾りっ気《け》がないが、黒地に真っ赤な牡丹柄の着物は、若い娘だからか妙に派手に見えた。

「いいえ。よしませんことよ、お父様。私、今し方、甲板に出して貰って、江戸の方を見たのですが、所々に火の手が上がってました。あれはきっと地震のせいで、家屋敷に火が移ったに違いありません」

「おかよ……」

「こういうときには、町年寄はすぐさま町場の人々のために迅速に働かなくてはいけないんじゃありませんこと?」

生意気な言い草である。市右衛門は慌てて、娘の口を塞《ふさ》ぎたい気持ちだった。だが、相良は面白そうに笑うと、

「おかよだったな。なかなか気丈な娘と見た。どうじゃ、美濃岩村藩江戸屋敷の奥向きに仕えぬか。悪いようにはせぬ」

美濃岩村藩とは相良自身の領藩である。

「なんなら、千代田の大奥に推挙しても構わぬぞ。武家の子女ではないが、町年寄の娘とあらば難儀はない」

「冗談はご勘弁下さいまし。かようなじゃじゃ馬娘を推したりすれば、それこそ相良様の汚名になりましょう。ですから……」

「もうよいッ」

俄に苛《いら》ついた相良は、また腹立たしく脇息を打ちつけながら、

「どいつもこいつも、余が御用船まで漕ぎ出させて招いてやったというのに、なんじゃ。それに花火はどうした。まだ一発も上がらぬのか！」

「ご、御前……」

覚悟を決めたように、市右衛門は相良の前に手をついた。

「他の方々はこの船にて、一夜、宴に興じて下さい。ですが私は、やはり江戸市中のことが気がかりです。直ちに町奉行所に出向き、やるべきことをやりたいと思います」

自分だけ艀で帰るというのだ。だが、相良は皮肉たっぷりなまなざしで、

「おまえは当てつけで言うておるのか」

「めっそうもございません」

「余……いや、儂《わし》よりも町奉行如《ごと》きに気を遣うというのか」

「そうではありませぬ。私はただ……」

「町場のことなら、樽屋も喜多村もいるではないか」

「しかし、万が一、お二方が身動きできないとしたら、私が行かねばなりませぬ」

「そうか。ならば、勝手にせい。その代わり……」

相良はぎらりと市右衛門を睨みつけ、

「娘は置いてゆけ」

「え……」

「町場が気になるのであろう？　ひとりで帰るがよい。それに、大事な娘ならば、この船にいた方が安心なのではないか」

「…………」

「さあ。行け、行け。目障りじゃ」

市右衛門は困ったように震えていると、おかよはサッと父親の手を握って立ち上がり、「さあ。行って下さい。私は御前様の言うとおり、ここに残ります。お父様の分も、御前様にお尽くししますから。さあ、早く」

市右衛門はしばらく身動きできなかった。相良は所憚《はばか》らず、女を自分のものにするようなことをする男だったからである。老中首座の水野出羽守《みずのでわのかみ》や上様の覚えも高い南町奉行の鳥居甲斐守《とりいかいのかみ》と深いつきあいがあるから、余計に我が物顔で御用船を操っているのだ。

そんな様子を見ていた材木問屋の山城屋吉右衛門が声をかけた。

「奈良屋さん……」

狸のような体つきで、顔もどことなく愛嬌《あいきょう》がある。

「御前からお許しが出たのですから、ささ、船手の方と一緒に行きなされ。娘さんは後で私と一緒に帰ります」

長年のつきあいのある山城屋にそう言われて、市右衛門は決心がついたのか、相良に深々と頭を下げてから、ゆっくりと立ち上がった。

「ふん。勝手にせい」

不機嫌に吐き出した相良を振り返ることなく、市右衛門は矢倉から出て行った。

心配そうに見送った山城屋の傍らには、まだ若い浪人者が控えており、射るように相良を睨んでいた。その鋭い視線を感じたのか、

「……なんだ、その目は……おまえも儂に何か不満でもあるのか」

と言いがかりをつけた。

若い浪人が首を振って頭を下げると、小馬鹿にしたように、相良は鼻を鳴らした。

「申し訳ございません」

謝ったのは山城屋の方だった。

「この若侍は、岩淵将吾《いわぶちしょうご》といって、私の用心棒でございます」

「そんなことは承知しておる。一刀流の使い手だというから、儂の家臣にせいと頼んでおる奴であろう。だが、その目はならぬな。これから仕えようという主君に対する目ではない。卑しい目だ……ああ、己の方が腕が立つと思い込み、人を蔑んでいる目だ」

「……御前。少々、飲み過ぎたようです」

山城屋は懸命にたしなめるように、

「しばらく、横になられてはいかがでしょうか。添い寝をする女も連れて来ており

ますれば……そのうち花火も上がるでしょう」

「ふん。おまえもだ、山城屋」

「は……？」

「儂を蔑んでおる。どうせ田舎大名だとな。山城屋……おまえが金を出さねば、若年寄になんぞなれる器ではなかった。そう顔に書いておるぞ」

「何をおっしゃいますやら」

「であろう？」

「とんでもございません。御前のお力でございますよ」

丁寧に言ったものの、山城屋の言い草が気にくわなかったのか、不機嫌に脇息を投げつけた。その寸前、岩淵が素早く前に出て、脇息をもろに額で受けた。当たり具合が悪く、眉間に血が滲《にじ》んだ。

だが、相良はまったく悪びれる様子もなく、

「ほう……さすがは用心棒。役に立ったではないか、山城屋」

「申し訳ありません」

詫《わ》びたのは山城屋の方だった。自分が至らなかったばかりに、相良の勘気を被《こうむ》っ

たとでも言いたげである。だが、ズイと膝《ひざ》を進めた岩淵は、

「大丈夫です。二度目でありますれば」

と言って、相良を見上げた。

「二度目、じゃと……」

鋭く見据えた相良の目には、酒のせいで二重三重に見えるのであろうか。体を揺らしながら眺めているうちに、

――あっ！

凝然となって、相良は岩淵を凝視した。

「嬉しゅうございます。思い出して下さいましたか……殿」

勝ち誇ったように見上げる岩淵とは逆に、相良はみるみるうちに酔いが覚めたかのように青ざめていった。

そのとき――。

ドカドカンと激しい揺れがあって、天龍丸が少し傾いた。僅《わず》かな傾きでも、高膳などは滑るように船体の一方に転がった。

「何事じゃ！」

真っ先に悲鳴のような大声を上げたのは、相良だった。

どこか遠くで声がする。

「座礁だ。座礁をしたみたいだぞ」

江戸湾は深い所と浅い所が入り混じっている。引き潮の折には干潟のようになる一帯があり、よい漁場となっている。そこに乗り上げたようだった。

ギシギシと軋《きし》み音を立てて船体が傾いていく。

「なんだ、どうしたというのだ！」

騒ぐ相良を尻目に、山城屋は事の次第を冷静に見極めようとした。だが、相良は喚《わめ》き散らすだけである。

そこへ、薙左が駆け込んで来て、

「落ち着いて下さい、御前。船尾が砂地に乗り上げたのです。すぐに櫓で漕ぎ出しますれば、ご安心を」

「バカモノ！　なんたる不始末じゃ！」

「引き潮のせいです。潮が一挙に引いたので、浅瀬が急に現れたのです。これは津波の前触れです。ですから……御前、しばらく、ここで我慢して下され」

先刻と違って、津波という言葉が俄に現実味を帯びてきた。座礁したまま大津波を受けたら、ひとたまりもあるまい。相良の顔は恐怖に引き攣《つ》り、しだいに怒りに変わってきた。

「帰る！　儂は江戸に帰るぞ！　艀を出せ、艀を！」

猛烈な勢いで叫んだが、すでに艀は奈良屋たちが乗って出ており、他の艀も船手奉行所の者たちが沿岸視察のために乗って去っている。その事実を知って、相良はますます怒鳴った。

「なんとかせい、ばかもの！　早乙女！　貴様、儂が泳げぬこと、知っておるはずではないか！　ぬしゃ殺す気か！」

おかしくなったように、相良は手当たり次第にモノを投げはじめた。

「船手の無能者らが！　だから、吹き溜まり呼ばわりされるのだ！　早乙女！　どうにかせい、どうにか！」

叫び続ける相良の前に素早く駆け寄った薙左は、

「御免！」

と言うなり、鳩尾《みぞおち》を打ち落とし、体を支えた。そして、ゆっくりと傾いた床の底の方に寝転がらせるのであった。

「早乙女さん……」

山城屋は恐々と見ていた。後で、相良からどんな仕打ちがあるか分かりませんよ、という顔つきだった。

「ここは海の上です。しかも、尋常ならざるときゆえ、我ら船手に従って貰いますッ」

毅然《きぜん》と断じた薙左の瞳は、責任感に溢れ、凜々《りんりん》と輝いていた。

「ご一同！　津波が来ようと、また地震が起ころうと必ず助かります！　ですから、ここは私の指示に従って下さい。よいですね！」

風もなく、波も静かだった。それゆえ、余計に不気味だった。

遠くに見える陸に火の手が広がっていることが、不気味さに拍車をかけていた。

四

奈良屋市右衛門が呉服橋内にある北町奉行所に駆けつけてきたときは、夜中だというのに篝火《かがりび》が焚《た》かれ、町方与力や同心が江戸の各所を飛び廻り、地震による被害を調査探索していた。そして、長屋などで罹災した者を小石川養生所など公儀の施設や寺社の境内《けいだい》、火除け地などに招き、怪我人に治療を施したり、炊き出しをして空腹を満たしたりしていた。

いつもは芝居小屋や見世物小屋、食べ物などの出店で賑《にぎ》わっていた両国橋西詰、東詰も花火気分ではなく、避難所と化していた。元々、災害があったときのために、橋の袂《たもと》は広く取ってあるのである。

町名主に今後に備えた通達を終えて、町場で困った人々に手を差し伸べていたところ、背中から野太い声がかかった。

「おう、奈良屋！」

「これは、船手番同心の鮫島様……」

「ぬしゃ、天龍丸に乗っていたのではなかったか」

「はい。江戸のことが心配で、早乙女様に計らって貰い、艀にて戻って参りました。思ったよりも害が少なくて安堵《あんど》しているところですが、風が強くなりそうなので、火の手が広がるのが心配です」

「うむ。あれほどの地震だ。その源は遠い海か、近くか、陸か……はっきりは分からぬが、引き潮があったので水辺が危ないと、カジスケ、いや、与力の加治様はそう危惧《きぐ》しておる」

「そういえば……早乙女様も同じようなことを心配しておりました。私が天龍丸を離れたすぐ後のことですが、船が浅瀬で座礁したようでした」

「なんだと？　それはまことか」

「それも引き潮のためでしょうか……船底が少し露《あら》わになって傾きました。船は身動きできないようです」

「なぜ、それを先に言わぬ」

　鮫島は俄に青ざめて、市右衛門に迫るように言った。

「まさしく津波の前兆だ……船手からも散々、声かけをしているが、未《いま》だに水辺から避難せぬ者たちもおる。一刻の猶予もならぬ。おまえからも町名主に報せ、まずは子供や病で臥せっておる者たちを少しでも水際から立ち去らせるのだ。川の氾濫よりも恐ろしいことが起こるやもしれぬ」

「はい。ですが……」

「ぐずぐずするな。大津波が来なければ、それはそれでよいではないか。しかし、此度の揺れは……ふむ、鯰《なまず》様に訊いてみるしかないが、教えてはくれまい」

「承知仕りました。直ちに、直ちに！」

市右衛門の顔にも厳しいものが走って、一礼すると立ち去った。

そんなとき——。

ふと見やるとある武家屋敷の塀から、黒っぽい着物をはしょった頬被《ほおかぶ》りの男がストンと飛び下りてきた。

丁度、二間余りの掘割の対岸のことではあるが、向こうも鮫島の姿に気づいたらしく、顔を伏せると素早く身を翻《ひるがえ》した。

「火事場泥棒か……待て、貴様！」

鮫島が声をかけると、さらに足早に逃げ出して、路地に駆け込んだ。遠廻りになるが、鮫島は崩れかかった小橋を渡って、賊が逃げた方に追いかけた。幸か不幸か、賊が飛び込んだ路地は袋小路になっていて、逃げ場がなかった。しかし、姿がない。いくら身軽な男でも、綱もなしに這《は》い上がれる石塀ではなかった。

「なるほど、そこか……」

すぐ近くにある御堂の扉が揺れている。鮫島がそっと近づいて手をかけた途端、内側からバッと開いて、匕首《あいくち》を握り締めた頬被りの男が飛び出てきた。

「エイッ」

瞬時に足をかけ、手首を摑《つか》んで、肘《ひじ》を逆にねじ上げた。あっという間にクルリと回転した頬被りは、背中から地面に打ちつけられた。

「盗《ぬす》っ人《と》か。人々が大変なときに盗みを働くとは、ふてえやろうだな」

「…………」

「それにしても、チト考えが足りぬな。かようなときこそ、お上の目が沢山、光っているとは思わなんだか」

無言のままの男の頬被りを、鮫島はサッと引き剝がした。

見ると、まだ若い男である。日焼けした顔や腕、節くれだった太い指などを見ると、野良仕事ばかりしている百姓のようだった。

「なぜ、あの武家屋敷に忍び込んだ。金目のものなら商家の方にあると踏むであろう。それに忍び込みやすいと思うがな……」

と言いかけて、鮫島の頭の中で何かが閃《ひらめ》いた。

「今の屋敷は……」

地震騒ぎで、さほど気に留めていなかったが、若年寄・相良肥後守の下屋敷である。御用船で沖に出ていることと、何か関わりがあるのか、ふいに胸騒ぎがした。

「若造。何故、相良様の屋敷に忍び込んだ？」

「…………」

「盗みではなく、何か他の狙いでもあるのだな」

「…………」

「そうかい、言わねえのかい。ならば、番屋まで来て貰うしかあるめえな」

いつもの伝法な口調になって、鮫島が相手の痛めた腕を握ろうとすると、若造は懐《ふところ》に隠してある文のようなものを、とっさに隠そうとした。

「何を盗んだんだ」

さらに隠そうとするのを、鮫島が無理矢理、奪い取ろうとすると、

「何しやがる！　これは俺たちの命綱だ！　村の命綱なんだ！」

と必死に叫んだ。

命綱――という言葉には、鮫島に限らず、船手奉行所の者たちは敏感である。海

の男は常に危険に晒されている。〝板子一枚下は地獄〟という思いで仕事をしているから、命綱などないも同然だ。海難などで人を助けねばならないときは尚更である。

「村の命綱……と言ったな。ならば、余計、話を聞かねばなるまい」

「嘘だ。俺たちを捕まえて、藩主に差し出すつもりだろう」

「藩主？　おまえは、相良様のご領地の百姓なのか」

「そうだ。あいつが若年寄になるために、俺たちがどんな酷い目に遭《あ》ってきたか……そのことを目安箱に訴え出るんだ」

天保年間、目安箱は形骸化していたが、辰之口評定所前に月に一度だけ、置かれていた。だが、幕政への批判も多かったから、将軍が見る前に破棄されるのがオチだった。領民が幕府に訴え出る機会は皆無ではなかったが、目安箱は最も期待が薄いといってもよかった。

「どんな目に遭ってるかは知らぬが、そんなことをしても無駄だろう」

「な、なぜだ。上様は心優しい人だと言うじゃないか」

「心が優しいことと、政《まつりごと》をうまくやることとは別の話だ。どのみち、その不正の証《あかし》とやらが盗まれたものだと分かれば、おまえたちの命もない」

「そんなこたア、承知の上だ」

「ほう。随分と威勢がいいじゃねえか。だったら死んだつもりで、その訴え、俺に任せてみねえか」

「え……？」

訳が分からず、きょとんとなる若造に、鮫島はニンマリと笑いかけた。

「俺も少々、相良様には腹に据えかねてることがあってな」

「そりゃ、もう腹の立つことばかりで」

思わず口走った若造だが、それでも鮫島のことを訝《いぶか》しく思ったのか、

「旦那は、そんなに偉いお役人には見えませんが」

「船手番同心だ。だが、今、相良様は我らが命を握ってるのも同然だ」

「命を……」

「まさに命綱かもしれぬな」

鮫島がその証とやらを渡せと手を差し伸べたとき、ゴ、ゴウ、ゴウゴウと、また激しい揺れが起こった。

「まったく、どうなってやがるんだ……飢饉はおこるわ、天災は広がるわ……これも政道をないがしろにしている幕閣連中への天罰かもしれねえな」

「天罰なら、俺たち百姓を巻き込まねえで欲しい……ちくしょう！」

絶望の淵に立たされたように、若造は天を見上げて叫んだ。

さらに地震は続いて、恐怖心が増して、くらくらと目眩《めまい》がするほどだった。

五

五十丁櫓もあるとはいえ、天龍丸は五百石船である。積載重量は今でいえば、八十トンを超える。一度、座礁すれば動かすのは難しい。傾いたせいで、左舷の櫓のほとんどが折れて、使い物にならなくなっており、右舷のものも空を切るだけである。

少し傾いた甲板の上に立って、薙左と作蔵はどうやって、陸へ戻すか勘案していた。しかし、有効な手だてはない。

「満ち潮になるのを待つか……あるいは津波が押し寄せたときに、一斉に漕ぎ出すしかありませぬな」

薙左はそう言ったものの、津波が来るのに合わせて漕ぎ出すのは難しいし、危険なことである。それまでに安定した海原《うなばら》に漕ぎ出したいところだった。

「早乙女様……やはり、あのとき早く帰っておけばよかった。若年寄様の言い分なんぞ聞かずに。俺は船頭として、船長として間違ったことをした」

「済んだことを言っても始まりませぬ。これからどうするかです」

「しかし……」

「作蔵さん。しかしもかかしもありませぬ。この船には水主《かこ》だけでも百人。客人を含めると二百人近くの人間が乗っている。それをどうやって助けるか。私たちがすることは、そのことだけです」

「そうだった……息子ほどの年の者に諭されるとは、俺もそろそろ御用済みかな」

自嘲ぎみに笑ってから、真剣なまなざしに戻ると、ぼんやりと輝く月と星が煌《きら》めいている空を見上げて、作蔵は呟《つぶや》いた。

「帆柱……この帆は二十一反もある大きなものだ。目一杯広げれば、櫓を使わずとも座礁から抜け出すことができるかもしれねえ。江戸の湾内は帆を広げちゃいけねえが、こういう顚末《てんまつ》だ。やるしかねえ」

「できますか」

「風ってのはねえ、早乙女の旦那。ほんの僅かであっても、満帆に広げれば、それに応えてくれるんでさ」

明るい声になって、帆綱を解《ほど》きはじめた作蔵の顔には笑みすら浮かんでいた。たしかに勢いが増せば、強引に浅瀬から押し出すことができるかもしれぬ。だが、船底を傷めると浸水することもある。薙左はそれを心配していたのだ。

「無理はせぬ方がよいのではないですか」

薙左が言うと、作蔵は任せてくれと胸を張った。

「早乙女の旦那も知ってのとおり、船底は二重三重になっていて、めったなことじゃ水は入って来ねえ」

船底は航《こう》と呼ばれる幅の広い厚板でできており、根棚《かじき》、中棚、上棚と幾重にも水が入らぬよう工夫がされており、仮に一部に水が入っても全体に広がらないような仕組みになっている。ゆえに漂流をしたときでも、沈まずにいられるのである。

舳先の舳《みよし》や船体を保つ中梁、腰当船梁、切船梁《は》などの骨格がしっかりとしているので、船自体が壊れることはない。舵の身木や刎ねなどは破損していないから、航行にも影響はないであろう。

「しかし、このままでは津波でなくとも、大波やうねりで、横倒しになってしまうかもしれねえ。それが心配だ。そうなる前に……」

抜け出すことが一番だと、作蔵は確信をもって帆を張れと水主たちに命じた。

帆柱は船で最も重要なもののひとつである。もちろん、船体が大切なのは言うまでもなく、建造費にしても全体の七割を占める。それ以外では、帆柱は二割、舵が一割である。

この帆柱は取り外しできるようになっているため、筈緒《はずお》が太い。帆柱自体も二尺二寸角に七十尺近い杉でできている。帆桁に広がる帆は身縄や手縄、両方綱、脇取綱などによって操られる。櫓漕ぎや舵取りよりも繊細な動きは、船頭の腕の見せ所である。

作蔵は掛け声をかけながら、一旦、満帆にしてから五合に下げて、〝つかし〟という時化《しけ》や逆風のときの航法の応用で、船体の傾きに気を配りながら、ゆっくりと座礁から逃れようとした。

――ガガガ。ギゴゴ。

と不気味な音が船底から湧き上がってくるので、客人たちはどうなるのかと恐々としていたが、やがて船体がゆったりと海面に浮かぶ感覚になると、

「わあ、やった！」

そう叫ぶ声が船中から聞こえてきた。

だが、安堵はできなかった。干潟のような砂地に擦ったために、舵が一部、破損したかもしれぬ。目で確かめることはできないが、舵柄を摑んだ感じでは、わずかだが異変があると水主が伝えてきた。

「まあ、なんとかなるだろうよ」

作蔵はすぐにでも帰りたかったが、下手《へた》に陸に近づくと、この引き潮だ、津波が押し寄せてくれば危ない。

——戻るか、様子を見るか。

思案のしどころだったが、今度は俄にぐんとうねりのように海面がせり上がってきた。月明かりに照らされる海面が盛り上がるのを、はっきりと目で捉《とら》えることができる。

「舳を丑寅に向けろ！　急げえ！」

波が押し寄せて来る方に舵を取り直せというのだ。でないと横波を食らって、船体は傾き、危ういことになる。

「急げ！　急げえ！」

しかし、沖から来る波の速さは、今でいえば飛行機の速さであり、浅瀬になっても新幹線のそれである。舵の水越綱や尻掛綱の一部が切れているのであろうか。思うように舵が動かず、かえって横腹を波に向けるようになってしまった。

「廻せ、廻せえ！」

帆綱を握り締めて、声を限りに作蔵は叫んだ。間に合わぬかもしれぬ。そう思いながらも、水主たちは懸命に舵を取り、櫓を漕ぎ、帆を廻した。

――ズザザザ。

音もなく押し寄せた波はドンと斜めになった船腹に激しくぶつかり、一瞬、船をぐいっと押し上げた。まるで、軽く持ち上げられたようだった。

そして、次の瞬間にストンと海面に落ちて、船底が強く叩かれたように震動した。同時に、頭の上から波がバサッと覆い被さり、船体がそっくり呑み込まれた。激しく横揺れをして、矢倉板や梁がミシミシと音を立てた。

大波は船体を陸の方へ押し流した。

矢倉の中の神棚は壊れ、座敷にあった食膳などは無惨に飛び散り、客人たちは柱や鴨居に摑まっているのが、やっとこさだった。波に身を任せるとは、まさにこのことである。

だが、不幸中の幸いであった。もし、座礁していたときに津波が押し寄せていたら、一挙に横転して、そのまま深みに流されて沈没していたかもしれぬ。

悲鳴があちこちで起き、まるで阿鼻叫喚《あびきょうかん》であった。その騒ぎに目覚めた相良は、酔いが抜けていないのもあって、

「な、なんだ……これはなんじゃ。夢か幻か……うわ、わわあ……！」

近くにあった脇息を抱きしめたものの、ぐらぐら揺れる船体の中では、まったく意味のないことであった。

ギギッと船体が大きく右に傾いた。一斉に人々も転がった。頭や背中を打つ者たちもいて、悲鳴はさらに轟《とどろ》いた。だが、今度は左への揺り戻しはなかった。船体はそのまま右に傾いたまま、安定したようだった。

「どうなっておるのだ！　船長！　作蔵はおらぬのか！」

声を限りに叫ぶ相良だが、もはや誰も若年寄などとは思ってもいなかった。みな、己のことで精一杯なのである。

そこへ、作蔵が戻って来た。

「ご一同！　安心して下され。船は傾いてはおりますが、沈むことはありません！　今、船手奉行所から、艀が迎えに参ります。それまで、しばし、しばし！」

「黙れ、作蔵！　ぬしゃ、この儂を殺そうとしたであろう！　ああ、船手番同心の早乙女がこの腹を突きおった！　未だに痛いわい。さあ、成敗してやるゆえ、そこへ直れ！」

「血迷いましたか、御前。今、どういう時かご覧になれば分かりましょう。まずは怪我をしている人を助けるのが当たり前の……」

「つべこべ言うなッ」

「いいえ黙りませぬぞ。この船の船長は俺だッ。みなを生きて帰らせるのが、俺の務めなんだ。成敗すると言うなら、後でバッサリやって貰いましょう。ですがね、御前！　今はこの船に乗った人たちのために、死ぬわけにはいかねえんですよ！」

ぐいと腕まくりをすると、龍の刺青《いれずみ》があった。水神である。

「こしゃくな……この儂を恫喝《どうかつ》するかッ」

脇差しを抜き払って、斬《き》りかかろうとしたとき、ガキン！　と弾《はじ》き飛ばされた。

足場が悪いにも拘《かか》わらず、目の前には岩淵が刀を手にして立っている。

「貴様……山城屋の用心棒に成り下がっているくせに、邪魔立てするか」

「殿……私がこの船に来たのは……」

「……来たのは？」

「あなたを斬るためでした」

「なんだと？」

「だが、かような男を斬れば、こっちの武門が廃《すた》る。せいぜい、足掻《あが》いて、この船とともに死ぬのですな。それが、我が藩の民百姓のため。私もお供いたしますぞ」

「貴様……元は儂から禄を貰っておいて、なんだその態度は」

「あなたからではありませぬ。出世ばかりを狙う、あなたを諫めるために腹を切った御家老……御家老の家来でございます」

「同じことだ、バカモノ！」

摑みかかろうとしたが、傾いた床のため、足袋《たび》が滑って、ずるずると壁面まで転んだ。這い上がろうとするが、摑むところがないから、思うようにならない。

「そこで足掻いているがよろしい。みなが助かるまで」

岩淵は切っ先を相良の方へ向けて、毅然と言った。

傾いた梁に摑まりながら、薙左もその様子を見ていたが、

——まずいな……。

と思った。薙左が相良の護衛として来ていたのは、何者かが相良を狙っていると の報があって、戸田泰全から密命を受けていたからである。

「岩淵さんとやら……あなたにも手伝って貰いたいことがある。船を沈めるわけにはいかぬのでな」

薙左は相良から気を逸《そ》らせるために声をかけたが、岩淵は用心深そうに目を細めながらも、刀を鞘《さや》に収めた。

六

隅田川の流れはどんどんと逆流し、河口付近の船着場はもとより、川縁の漁師小

屋や出店なども押し流された。掘割にも水が溢れ、洪水の折に使われる鯨船やひらた船なども陸へ押し上げられた。

花火に出ていた屋形船も川岸に戻っていないものは、橋桁や堤にぶつけられるのもあった。中には、船から弾き出される者もいて、一瞬のうちに呑み込まれた者もいた。が、勢いが弱い分、助かる人々も多かった。

戸田は永代橋の上から、逆流する川面《かわも》を茫然《ぼうぜん》と見ていた。どうすることもできぬ己が、いかにも小さく感じられた。

神田小川町、下谷、浅草、本所、深川などの掘割の水位が上がり、水浸しになった。船に乗って難を逃れた者、梯子《はしご》で屋根の上や火の見櫓《やぐら》に登った者たちが、懸命に避難している姿が見える。

——どうすれば……。

戸田に限らず、船手奉行所とて、津波が押し寄せていることには、対処のしようがなかった。引いた後に、新たに避難する所を確保し、倒壊した家屋や土手などは、すぐさま復興させねばなるまいが、それより先に人々の命を救わねばならない。

元禄の大地震では、七千人余りの者が死傷し、一万五千軒の家屋や土蔵が倒壊した。江戸には千八百もの町があり、二百数十人の町名主がいるが、今は身動きができまい。今般の地震はそのときほど大規模なものではなさそうだが、次に何が起こるか分からない。予断は禁物だった。

津波は押し寄せてくるときよりも、引くときの方が危険だと言われている。あちこちで鳴り響く鐘の音を聞きながら、戸田は不動のまま水域が広がる江戸の町を見ていた。川や水路は狭くなるので、ますます水位が高くなる。しかも、浅瀬になればなるほど、波も複雑になってしまう。

戸田は祈るような気持ちで眺めていた。

そこへ、ずぶ濡れの加治が、荒い息で駆けつけてきた。

「お奉行。町方同心や町名主、町火消しらとともに、うちの連中も町人たちを避難させております。水辺の人々には、早く手を打って、公儀の御用船を出して乗せていたのが功を奏したかもしれませぬ。なんとか、被害を少なくくい止められそうです」

「うむ……御用船といえば、天龍丸はまだ沖合に出たままであったな。若年寄の相良様は大事なければよいが」

「それが、お奉行……」

加治は神妙な顔になって、鮫島がたまさか捕らえた百姓のことを話した。座礁していることも報せた。

「座礁……」

「船長は作蔵です。なんとか、乗り切っていると思いますがね」

「であろう……で、相良様が戻れば、百姓がお上に訴え出るか」

「百姓が怨みを持つのは当たり前のことですな。七公三民もの年貢で、自分が若年寄になるための賄《まかない》に使っていたとのことです。領民を苦しめてまで、幕閣になりたいものですかねえ」

「……さあな。そういう輩でも、船手としては、守らねばならぬ」

「本気で言っているので？　お奉行らしくもない」

「ん？」

「つまらぬ人間ならば、老中だろうと若年寄だろうと一刀両断にしかねないお奉行のことですからな。どういう風の吹き廻しかと」

「たしかに評判のよくない相良様だが……奴とて、かつては美濃にこの人ありと言われた賢人のひとりだった。飢饉が続いた天領から流れてきた者たちも、手厚く護《まも》ったのだが、領内も同じような事態になった」

「…………」

「相良様は熱心に幕府に窮状を訴え出た。が、幕府とて小さな藩のことなんぞに構ってられぬ財政だ。ならば、藩を救うために自分が幕閣になればよい。そう思って、徳川家御一門にあれこれと策を弄して、ようやく若年寄の身分を手に入れたのだ」

「だったら、さっさと領民のために働けばよいこと。領民いじめを続け、幕閣の地位にあぐらを搔《か》くとは言語道断ではありませぬか」

「加治……おまえの言うとおりだ……だからこそ、相良様のお命を狙って、船に乗り込んだ者もいるのだ」

「天龍丸に⁉」

　ハッと戸田を見やった加治は、疑うような目つきになって、

「まさか、お奉行……船上で、相良様に〝天罰〟を加えるつもりではありますまいな」

「バカを言うな。その逆だよ」

「逆……？」

「ああ。そのために、薙左をつけたのだ。奴の……真《ま》っ直《す》ぐな心が、相良様を癒やし、昔の相良様に戻すことができないか、となし」

「…………」

「おまえなら、それこそ一刀両断であろうが。しかし、かような事態になっては、薙左もそれどころではなかろうな」

心配そうに遠い目になって沖を見やっていた戸田は、江戸の町を振り返り、

「地震も津波も、これで終《しま》いにして欲しいが……加治、ひとりでも多くの人を助けるのだ。でないと、本当にただの〝吹き溜まり〟だと思われてしまうぜ、俺たちは」


その頃――。

鮫島は世之助が漕ぐ艀で、天龍丸に向かっていた。その後ろには、数艘の艀が数《じゅ》珠《ず》繋《つな》ぎで続いている。

津波が押し寄せていたとは思えぬほど静かな海だった。行く手には、月明かりに

浮かぶ天龍丸が、帆を半分だけ張って傾いているのが見えた。

「見えやしたぜ、サメさん」

「危ねえな。帆柱を倒すか、切った方がいいのではないか。でねえと……」

「いや。恐らく、船底に水が溜まっていて、あれで上手《うま》い具合に均衡を保っているのかもしれねえ。でなきゃ、作蔵のことだ。さっさと始末してるでしょうよ」

「だな……しかし、あのままでは、もし次の波が来たら倒れるに違いあるまい。早いとこ助けねえとマズいな」

「へいッ」

櫓を漕ぐ世之助の腕には、益々《ますます》、力が入った。櫓腕と櫓脚という〝継櫓〟ができたのは江戸の初めであり、それまでの棹櫓より早く漕ぐことができ、波にも強い。今で言えば、プロペラのような形で推進するからである。ゆえに懸命に漕げば漕ぐほど、浮力がついて速くなる。

天龍丸の甲板には何人もの水主が出ており、手を振っていた。居場所を報せるために、松明に火を掲げている者もいる。

「おおい！　こっちだ、こっちだ！」

「右舷から廻ってくれ！」

「早くしねえと、もたないぞ！」

静かな波音しかない海上は深閑としているが、声が意外と届かない。

艀の舳先に立っていた鮫島も手を振りながら、

「怪我人はいねえか!?」

「いるぞ！　三人が肩や腕の骨を折り、八人が足を痛めている！」

船上の水主から声が返ってきた。

「若年寄の相良様は大丈夫か」

鮫島が訊くと、大事ないと返事がきた。複雑な思いだった。町年寄が陸を心配して戻って来ているにも拘わらず、しかも怪我もしていないのに、ぐずぐずしている相良のことが、鮫島は気に入らなかった。

ギシギシと櫓音をさせながら、天龍丸の右舷に沿わせて艀をつけた世之助は、

「まず怪我人から降ろせ。三十人ずつくらい乗れるから、みんな助かる。安心せい」

と大きな声で言った。

傾いた船上に薙左と作蔵も姿を現した。鮫島と世之助は思わず、「おう。無事だったか」と声をかけて、縄梯子を投げかけた。小縁に掛けた作蔵は、世之助と合図を繰り返しながら、水主たちが添いながら、ゆっくりと怪我人を艀に降ろした。続いて、客人の中の芸者衆ら女たちや若い者らから移らせ、別の艀にも乗せた。

三艘目が安宅船から離れたとき、船底がさらに破れたせいか、ガガッと音を立てて、船体がもっと傾いた。船底は切石と漆喰で固められてはいるものの、耐えられぬほどの衝撃があったのであろう。

薙左たちは甲板には立っていられず、椋でできている盾板にしがみつくしかなかった。

「危ないぞ！　艀はもっと下がれ、下がれ！」

もし横倒しになったら、すでに助かっている者たちも巻き込むことになる。だが、風が逆風になって、膨らませた帆を押し上げるように船体を保たせた。

「今のうちだ、急げッ」

艀から、世之助が声をかけると、薙左は後ろにいたおかよに、

「さあ。おまえも降りるんだ」

「いいえ。私は後で構いません」

「いいから、急げ」

「私は仮にも町年寄の娘でございます。他の人よりも先に行くことはできません。それが父の思いでもありましょうから」

「まったく……」

こんなときに強情な女だと薙左は思ったが、それは口に出さず、他の客たちを次々と降ろそうとした。

その時である。

縄ばしごに足をかけた山城屋の肩をぐいっと摑んで、

「貴様！　儂より先に降りるとは何事ぞ！」

と鬼のような目で、相良が睨んだ。

七

「おやめ下さい、相良様」

薙左が横合いから手を伸ばすと、それを打ち払って、我先にと山城屋を押しのけようとした。それを後ろから羽交い締めにした薙左は、

「今のうちです。山城屋、早く降りろ」

「は、はい……」

相良はそろりそろりと降りてゆく山城屋を足蹴《あしげ》にしようとしたが、肩に触れたものの、無事に艀まで辿《たど》り着くことができた。

「放せ、下郎！　早くしないと船が沈んでしまうではないか！　おまえは儂を助けるために、ここにいるのではないのか！」

「御前。いい加減、自分がなさっていることに気づいて下され。この船の客は、あなたが招いた人たちですぞ。客を先に助けるのが、主人たるあなたの務めではありませぬか」

「黙れッ。屁理屈なんぞ、よいわ。御公儀にとって儂は大切な人間じゃ。そこな奴らと一緒にするでないッ。さあ、降ろせ」

「…………」

「降ろせというのが、分からぬのか」

薙左は耐えていたが、喚く相良の姿に業を煮やしたのか、傍らから見ていた岩淵が怒りの目を露わにして、

「もはや、あなたには何を言っても無駄でございますな」

鋭く刀を抜き払うや、斬りつけた。今度は、本気で殺す気概であった。

「うわッ」

仰《の》け反った相良は、斜めになっている甲板から滑って、盾板に必死にしがみついた。岩淵は狙いを定めて、切っ先を突き出し、そのまま飛びかからん勢いだ。おそらく突き殺して、一緒に海に飛び込む覚悟であろう。

「やめろ、岩淵さん！　あんた、先程、言ったではないかッ。こんな奴を斬ったところで、武門の恥だと」

「構わぬ。若年寄が助かれば、またぞろ領民が苦しむだけだ」

「よせ」

薙左も柵に摑まりながら、立ちはだかった。だが、岩淵は決死の覚悟で、

「どけい！　御家老の無念も、今こそ晴らしてくれる！」

エイッと気合いとともに踏み込んだ。その足を薙左は払い、トンと背中を押した。

「うわあッ」

前転をしながら、岩淵は海面に向かって落下した。

――ドボン。

ぶはあッと浮かび上がった岩淵は、怒りの顔を船上の薙左に向けていたが、

「世之助さん。その人をよろしく頼みましたよ」

救命の板を投げて、鮫島と世之助は岩淵を摑み上げた。

それを見ていた相良は震えながらも、

「頼む……儂も助けてくれ……金ならやる。なんでもやる。今よりよい役職が欲しければ、どうにかしてやる。だから、た……助けてくれ……助けて……」

必死にそう訴えた。海面まではわずか数間の高さだが、水練が達者ではない相良には、飛び下りる勇ましさもなさそうだった。ただ、盾板にしがみついて、泣き声を洩らしていた。

「た、助けて……」

「御前……あんたの領民もそう言って、哀願していたのではないか」

船の下の艀から、鮫島が声をかけた。

「なんだと……」

相良はどうして、そのような話をするのだと見やった。

「しかし、あなたは助けを求めた領民たちを無下に見捨てた。これは己が招いたこと、天罰だと諦《あきら》めるのですな」

「ば、ばかな……」

「あなたが領民から毟《むし》り取った年貢については、ある若い百姓がその証拠をもとに、お上に届けるそうだ。公儀がどう裁くかは分からぬが、それなりに覚悟をしておくのだな」

「百姓が……儂の領民がか……」

無念そうな顔になって、相良が虚空に手を伸ばしたとき、ざわざわと波と風の音がしたかと思うと、

——ドスン。

と、また船底を突き上げられた。先程のような津波ではないが、恐らく続いて来たものであろう。これほどならば、陸は大したことはないだろうが、均衡を崩している船を傾けるには十分だった。

さらに傾いた船は、いつ転覆してもおかしくなかった。

「離れろ！　離れるんだ！」

作蔵が艀に向かって叫んだ。もし、このまま倒れてしまえば、渦巻いて艀を巻き込んでしまうことになるからだ。しかし、まだ船内には、ほとんどの水主たちが残っている。

「構わぬから、急げ！　急いで櫓を漕げ！　離れろ！」

世之助たち船頭は艀を漕いで、すぐさま天龍丸から離れはじめた。遠く去っていく艀を眺めながら、

「おおい……おおい……」

相良は必死に摑むように、手を突き出していた。

そのとき、もう一度、ぐらりと船が揺れた。

ギシギシと音を立てた帆柱が、海面と平行になるほど傾いた。途端、必死で盾板を摑んでいた手が海水に濡れて滑って、するりと船縁《ふなべり》を乗り越えて、相良の体がふわっと宙に浮いた。

――バシャン。

激しい水音がして、真っ暗な海に相良の姿が消えた。

「御前！」

考える間もなく、薙左はひらりと海に向かって飛び込んだ。白い袴《はかま》が花のように広がり、黒い海の中で、居場所をくっきりと示した。すでに艀は遠ざかっている。助けに戻ることもできない。さらに、

——ギシギシッ。

と船体が、ふたりに覆い被さるように傾いてゆく。

そのとき、必死に藻掻《もが》いて、かろうじて海面から顔を出した相良は、薙左の後ろから羽交い締めにするようにしがみついた。身動きできなくなった薙左も、浮かんでいるのがやっとである。このままでは、相良は溺れてしまう。

「早乙女の旦那！」

作蔵は自分の体に命綱を縛りつけ、もう一本の綱を摑むと、ふわりと海に向かって弧を描いた。ドボンと海に沈んだ作蔵の体は、すぐさま浮かび上がり、薙左の横手に泳ぎ寄ると、立ち泳ぎをしながら相良の脇の下から綱を通し括りつけた。

「旦那、今だッ」

柔術の要領で腕をねじ上げると、相良の体は離れ、そのまま水主たちが掛け声をかけながら引き上げた。ずぶ濡れの相良は悲鳴を上げ、足をばたつかせているから、甲板まで引き上げるのは難儀だったが、ようやく上げた途端、

「しっかり、なさりませ！　男でしょう！」

と、おかよが頬をはたいた。

一瞬、唖然となった相良は黙ったまま、じっとおかよを見上げていた。

「どうです、相良様」

「………」

「すべて己が招いたことですよ。大事に直面したとき、どういう態度を取るかで殿方の器量は決まるのです。相良様！　私の父は、あなた様は元々、幕政を預かるほどの人物ではないと見抜いておりました。けれど、水野様や鳥居様の民を圧迫する政策の何かが変わるのではないかと思っておりました。本来、領民を大切にしていた相良家の御仁だと信じていたからです」

「………」

「ですが、あなたは違った……その地位にあぐらを掻いて、自分の栄耀栄華を楽し

んでいただけの人でした」

小娘にきちんと正論を言われて、びしょ濡れで髷《まげ》も崩れている相良は、若年寄の威厳などすっかり失《う》せていた。

すぐに引き上げられた薙左と作蔵も、相良の前に立って、おかよの娘らしくない言い草をしっかりと聞いていた。そして、背中を丸めて項垂《うなだ》れる相良に、薙左が言った。

「おかよの言うとおりだ。己が命は、まっとうに使ってこそ、生きると言えるんじゃないんですかね。殊《こと》に、藩の領主たるものは」

「命は、まっとうに使ってこそ……」

相良は呟いてから、薙左を見上げて、

「おぬしは、なぜ俺を助けた。すぐさま飛び下りてきたようだが」

「さあ……」

「儂が若年寄だからではないのか。護らねばならぬ務めからではないのか」

「それは違いやすぜ、御前」

作蔵が口を挟んだ。

「若年寄だから、あんただから助けたんじゃねえよ。落ちたから助けただけだ……同じ人だからだ」

「同じ人だから……」

「そうだ。ましてや俺の船に乗った人間が溺れるのを見捨てるわけにゃいけねえんだよ」

「俺の船に乗った……」

茫然と見上げている相良の肩に手を置いて、作蔵は続けた。

「あんた。早乙女の旦那がとっさに飛び込まなきゃ死んでたぜ」

「………」

「拾った命……大事にするんだな。まっとうに使ってよ」

作蔵がもう一度、肩を叩くと、相良はううっと嗚咽《おえつ》の声を洩らした。全身を震わせて、腹の底から絞り上げてくる泣き声になった。

その泣き声が、ひゅうひゅうと海風の音と重なった。

途端、作蔵の目が輝いた。

「おおッ。神風だ！　帆を張れえ、右舷に戻って櫓を漕げえ！」

満帆にして風を利用し、船体を保ちながら、次の助けを待つつもりだ。

作蔵の声が月夜の海に響き渡っていた。

八

相良が若年寄の職を辞したのは、その津波のあった日からしばらくしてからのことである。

最後の最後に、相良は幕閣のひとりとしての職務をまっとうすべく、お救い小屋を十数カ所、江戸市中に作り、罹災した者たちを手厚く保護した。津波では溺死よりも、打撲などで死ぬ者が多い。家屋敷を片っ端から薙《な》ぎ倒すため、逃げ遅れた人々は壊れた梁や柱、家具などに打ちつけられるのである。

不幸にして命を落とした者たちの遺族には、公儀としてできる限りの補償をしてやり、助かった人々にも当然のことながら、新しい暮らしを始められるよう手助けをした。

その道筋をつけておいてから、相良はあっさりと辞めたのである。

「おまえのお陰かもしれねえな」

毎度のことながら、少し伝法な口調混じりで、戸田は薙左を褒めながら、運ばれたばかりの熱燗を口にした。

船手奉行所からは目と鼻の先にある居酒屋の『あほうどり』である。客筋といえば、奉行所の者か、鉄砲洲に並ぶ蔵屋敷や問屋に出入りする人足くらいで、いつも閑古鳥《かんこどり》が鳴いている。それでも気っ風のよい女将《おかみ》のお藤《ふじ》がこの場を離れないのは、昔馴染《なじ》みの加治への思いを切れないからである。

その加治は地震と津波の被害に遭った人々のために、町奉行所との交渉もあって、出ずっぱりであった。薙左も江戸のことが心配で出向きたいところだが、相良を助けた折、運悪く鎖骨を折り、膝を痛めてしまった。とんだトバッチリだったが、

──人の命がひとつ助かった。その上、自分も生きているのだから儲《もう》けものだ。

と思っていた。

「そこが、おまえの面白いところだ。ほれ、飲め」

戸田は気さくに酌をしようとしたが、薙左にしてみれば緊張を強《し》いられているようなものだった。どうも腰が落ち着かない。

「遠慮するな、さあ」

「あ、有り難き幸せに存じます」

「何を堅苦しいことを」

薙左の杯に注いでから、戸田は自分は手酌でやりながら、

「相良様は大層、おまえに感謝しておってな、俺の屋敷まで直々《じきじき》に挨拶に来た」

「そうだったのですか」

「でだ……」

背筋を伸ばして座り直すと、戸田は神妙な顔つきになって、

「おまえを家臣にしたいと申し出てきた」

「家臣に？」

「ああ。美濃岩村藩に、百石で奉公せぬかというのだ。命の恩人でもあるし、おまえの無私の心構えがよほど気に入ったのであろう」

「しかし、私は……」

「悪い話ではないと思うぞ。吹き溜まりと呼ばれている船手にいたところで、出世の見込みなんぞない。いや、おまえが出世を望むような奴でないとは百も承知だが、

相良様には姫がひとりおってな、江戸中屋敷で暮らしておる。いずれ、その姫君の婿《むこ》にと考えておるそうな」

「あ、いや……」

困惑した顔になって、薙左は杯を置いて、

「私の父は船手番同心でした。私も誇りをもって任にあたっております。ですから……」

「そんなことは分かっておる。だが、相良様は本気なのだ」

「………」

「此度《こたび》の江戸で罹災した者で、暮らしが厳しくなった者は岩村藩で引き受けるつもりだ。これまでの年貢の割合もドンと減らし、民百姓のための藩政に徹するとのことだ……船頭が船に乗った者たちを助けたようにな……そのためには、おまえのような〝まっつぐ〟な男が欲しいらしい」

「いえ、しかし……」

百姓たちのために立ち上がった岩淵将吾のような武士《もののふ》もいることを、薙左は承知していた。藩邸にて、相良はきちんと岩淵に詫びを言い、その昔、家老を自害に追い込んだことも、深く陳謝した。

「それゆえ、岩淵さんも岩村藩に戻り、改めて善政の手伝いをすると聞いております。私なんぞの出る幕では……」

「その岩淵の思いでもあるのだ。おまえを江戸藩邸詰めの家臣にするのは」

薙左はほとほと困ったように首をもたげ、

「では……お奉行は私はもう船手には不要だと……」

「誰がさようなことを言った。おまえが来たお陰で、風紀が乱れていた船手も、多少はまっとうになった。若いおまえの純な姿を見たからだ」

「だったら、このまま置いてあげたらどうですか、お奉行」

と間に入ってきたのは、お藤だった。小女《こおんな》のさくらも、そうした方が船手奉行所のためだと言い足した。

「前のように、恐《こわ》くて殺伐としている奉行所はまっぴらですよ」

「お藤……」

戸田は困ったように見やったが、お藤はニコリと笑って、

「お奉行も本当は、ゴマメちゃんがきっぱりと『岩村藩になんぞ行きません』と断

って欲しいんでしょう？」

ゴマメは〝ゴマメの歯ぎしり〟からきた薙左の渾名《あだな》だったが、近頃は、ゴマメどころか立派な大きな魚になっている。

「そのゴマメちゃんもはっきり言いなさいな」

「ゴマメはやめて下さい」

「そうやって気にするところが、まだガキなんだよな……まあ、そこがまたいいところなんだけれど。さあ、どうします」

お藤は迫るように訊いたが、戸田としては本当に薙左の行く末を考えてのことだった。姫と婚姻すれば、藩主への道だってあるのだ。さすればいつかは、薙左が若年寄になることだってあるかもしれぬ。

——こいつなら、幕政に風穴をあけられるであろう。

と戸田は本気で思っていた。

薙左がもじもじしていると、町娘が飛び込んできた。

「あ、いたいた！　やっぱり、ここでしたか。いえ、船手奉行所で聞きましてね！」

ニッコリと笑ったその娘は、おかよだった。そして、さっと薙左の隣に座って、肩をぴったりくっつけると、

「お怪我は大丈夫ですか？」

「え、ああ……」

唐突に現れたので、薙左は驚いていた。戸田も目の前の小娘に、

「誰だ？」

「あなたこそどなたでしょう、海馬みたいな偉そうな態度ですが」

「こ、こらッ。お奉行だ。船手奉行だ。町年寄の娘のくせに知らぬのか」

慌てて、薙左の方がこくりと頭を下げた。

「ほう。では、奈良屋の……」

戸田が訊くと、おかよも改めて、丁寧に挨拶をして、

「はい。おかよと申します。これは、ご無礼を致しました。無礼ついでにと言ってはなんですが、お奉行様にお願いがあります。あれだけ命を張って人助けをしたのですから、薙左さんにご褒美を上げて下さいまし」

「こら、何をいきなり……」

薙左は口を塞ごうとしたが、おかよはそれを払って、

「それともうひとつお願いがあります、お奉行様。この薙左さんを私の夫にして下さいませんか。身分違いは承知しております。でも決めたんです。私、決めたんです。あの船の上での我が身を振り返らぬ立派な人柄を。ですから、私、生涯の伴侶に決めたんです」

「お、おい」

勝手に何を言い出すのだと益々、狼狽《ろうばい》する薙左を見て、戸田はニンマリと笑った。

「そうか……そういうことか……」

「あ、いえ。違います」

「なかなかの別嬪《べっぴん》だし、船の上では別の出会いがあったということか。だから、姫君の話でも渋ったのだな」

「ち、違います」

「よいよい。そういうことならば、俺からきちんと先方に断っておこう」

戸田は薙左の杯をおかよに手渡し、酒を注いだ。

「飲むがよい。三三九度の杯代わりだ。俺が見届けてやるゆえ」

サッと立ち上がった薙左は、おかよから素早く離れて、

「じょ、冗談はやめて下さい、お奉行。私はかような女は知りません。いや、知っているけれど、知りません。それに、まだまだ修業の身。嫁なんぞ、貰える立場でもありません」

「そういう素直なところが、またいいんですよね」

おかよがうっとりとした目になると、薙左はゴクリと生唾《なまつば》を飲んで、そのまま縄のれんを分けて表に飛び出して行った。

「あれ、待って下さいな、薙左さん……薙左さんったらあ！」

白い足をちらりと見せて、薙左を追いかけたおかよを、戸田とお藤たちは面白そうに笑いながら見送った。

青く光る海原の照り返しを浴びながら薙左は走っていたが、膝を痛めているせいで、すぐにへたばってしまった。

「だめですよう。お怪我に触りますよオ」

と声がする。

「おまえが追いかけてくるからだろう」

そう呟いて、おかよを振り返ると、薙左は必死に立ち上がり逃げようとしたが、あえなく捕まってしまった。子供のようにはしゃぐおかよを、薙左は実に困った顔で見ながら、

——まいった……。

と溜息《ためいき》をついた。

「楽天知命って言いますでしょ。私の父が好きな言葉です。自然の姿に素直に従い、自然に生まれてくるよき道を進むこと。きっと薙左さんと私も、これが一番の自然なことなんですよ」

「不自然だと思うがなあ……」

呟く薙左の腕にひしと抱きついたおかよは、実に幸せそうな顔をしていた。

津波があったことなど、すっかり忘れられたような陽光である。きらきらと煌めく海の波が、ふたりを包み込んでいるようだった。

第二話　にが汐

一

ガサゴソと落ち葉を踏みならすような音が、闇の中に広がった。

提灯《ちょうちん》をかざすと、薄茶色の船虫が風呂敷を広げたような群れとなって、橋脚を取り巻くように動いていた。

「いつ見ても、あまり気持ちのよいものではないな」

大工の仙吉《せんきち》は、掘割にかかる橋脚をつぶさに見ながら歩いていた。三十路《みそじ》にさしかかって脂が乗りきったような顔つきで、提灯をかざした。船虫はまたガサゴソと音を立てながら、灯《あか》りから逃げて行く。

橋作りに携わっている仙吉は、本所深川界隈の掘割にかかる橋が腐っていないかどうか見極めるために巡廻しているのである。いつもなら橋番の番人と一緒に出歩くのだが、風邪で寝込んでいるとかで、今宵はひとりである。

――ぶる、ぶるっ。

関取のような体つきで、腕や肩ももっこり盛り上がっているくせに、人一倍、恐がりな仙吉である。柳が少し揺れただけで、ひっと情けない声をあげそうになるので、小さい頃から、よくからかわれていた。

ただの恐がりではなく、本当に白目を剝《む》いて引きつけを起こして倒れたりするから、あまり苛《いじ》めると洒落《しゃれ》にならない。

それでも夜回りをするのは、昼間には分からぬ傷みを見つけることができるからである。職人にしか分からぬ感覚だが、〝山水〟と呼ばれる川上の真水とは違って、海水が入り混じった河口に近い川や掘割の橋桁や橋杭には、目に見えぬ疲弊が起こっているものなのだ。

日に二度の潮の干満のために海水が入り混じる。この水を〝にが汐〟という。真水よりも材木を傷めるために、細やかな気を配っておかないと、突如、橋が傾いたり落ちたりすることがある。檜《ひのき》や槙《まき》を使ったものでも、船虫や水虫が好んで張りつくせいか、腐りやすいのである。突然崩れて、通っている荷車や下をくぐる川船に大事があってはならない。だから、神経を磨《す》り減らして調べているのだ。

本来は町役人《ちょうやくにん》の仕事なのだが、仙吉は棟梁から、

「自分がした仕事はきちんと見守れ」

と命じられているから、自ら働いているのである。いずれ永代橋や両国橋のような大きな橋梁の普請に関わるのが夢だ。橋をつぶさに見て廻ることは、匠の技を新たに学ぶことにも繋がっていた。

中には、〝流し橋〟といって、水量が増えるとわざと浮かせて、そのまま流してしまう橋もある。橋があることで上流からの流木や土砂を留《とど》めて、洪水になるのを事前に防ぐためである。江戸市中は網の目のような水路が張り巡らされているから、仙吉のような地道な行いが大切だった。

「危ねえところはなさそうだな」

ぐるり一廻りしてから、馴染みの赤提灯にでも立ち寄ろうとしたとき、五間堀の弥《み》勒《ろく》寺《じ》橋の近くに、ふらりと人影が立った。

――あっ。

凝然と立ち尽くして見やった仙吉は、それが黒髪を垂らした女の姿だと分かったとき、悲鳴をあげそうになった。

「た、助けて……どうか、お助け下さいまし……」

消え入るような冷たい声を洩らした。女の顔ははっきりとは見えないが、いかにも幽霊のような濡れた姿に、仙吉は思わず逃げ出しそうになった。とはいうものの、仙吉の足はガクガク震えて、動くに動けなかった。

「お願いでございます……助けて……どうかどうか……助けて下さいまし……」

「な、な……！」

必死に仙吉が提灯をかざすと、目のあたりは青白いたんこぶが膨れており、口元からは真っ赤な血が流れていた。

「あ、ああ……うわ……ひゃああ……」

思わず目を閉じて、棒立ちのまま身動きできない仙吉に、女は凭《もた》れるように倒れかかってきた。雪のように冷たい手だった。

「ぎゃ、ぎゃあ！」

仙吉はとっさに両手で押しやった。丁度、力士が突っ張りをかますように当たったので、女の体は吹っ飛んでしまった。そして、そのまま掘割にドブンと落ちてしまったのである。

水飛沫《みずしぶき》が顔に飛んできたので、はっと我に返って、掘割の縁まで近づいた。落とした提灯を拾いあげて、水面にかざしたが、波紋もなく、実に穏やかな川面が続いていた。

――ゆ……夢か……幻か……やはり、幽霊か……。

生唾を飲んだ仙吉が、もう一度、提灯を掲げようとすると、風もないのにザザッと近くの柳が激しく揺れた。

「ひ、ひええ！」

声にならない悲鳴をあげて、仙吉はその大きな体を揺さぶるように逃げ去った。

翌朝――。

仙吉は布団で目が覚めたとき、いつものようにトントンと流しで、俎板《まないた》を包丁で叩いている音が聞こえた。

入船町の棟割長屋である。近くには木場や富ヶ岡八幡宮があって、職人や出商いの者たちも大勢住んでいるから、まだ日は出ていないが、仕事に出かける声などが聞こえていた。

「お……おちか……」

恐る恐る声をかける仙吉を、竈《かまど》の前で朝餉の仕度をしているおちかが振り返った。

襷掛《たすきが》けで、いかにも働き者という感じの丸顔の女房である。神棚の下に茶簞笥《ちゃだんす》や行灯《あんどん》、箱膳があるだけの狭い部屋だが、子供もいない夫婦には十分であった。

「おまえさん、また悪い夢でも見てたのかい、うなされてたよ」

「夢……ありゃ、夢だったのか？」

「さあ、どうだか。恐がりも大概にしなさいな……その大きな体で、私の方が恥ずかしくってしょうがないよ。いつぞやだって、盆踊りのとき、みんながいるのに、お化けが出たアって、ひとりだけ走って逃げるんだから」

ちょいとおかめだが愛嬌はある。

「ああ……喉が渇いた。水をくれねえか」

水瓶《みずがめ》から柄杓《ひしゃく》で湯呑みに注いで、おちかはまだ寝床に座ったままの仙吉に渡すと、

「病人じゃないんだから、さあさあ」

と起こそうとした。ゆうべは帰って来たと思ったら、いきなり布団を被って寝てしまって、そのままだったのだ。

「こんなでっかいのに、いつまでもごろんとされてちゃ、たまんないよ。それに、今日から新しい普請場なんでしょ？　さあ、起きた起きた」

布団をめくると、よほど慌てて帰ってきたのであろう、仙吉の足は土で汚れたまで、着物の裾も泥だらけだった。おちかは子供でも相手にするように、

「まったく、もう、世話の焼ける……」

と言いかけて、おや？　と目が裾に止まった。べったりと血がついている。

「……おまえさん。これは、どうしたんだい？」

指されて足下《あしもと》を見た仙吉はギョッとなった。自分の足が怪我をしている痕跡はない。もちろん痛みもない。

──もしや……あの女の……。

脳裏に、ゆうべの黒髪を垂れた女の姿が浮かんだが、ぞくぞくっと背筋が震えて、はっきりとした声にならなかった。

「なんだい、おまえさん。どうしたっていうんだい？」

「わ、分からねえ……知らねえ」

「でも、これ……血だよね……本当に知らないの？」

「ああ、知らねえよ。俺ア、何も知らねえって言ってるじゃねえか」

仙吉は怒ったようにそう言うと、表に出て、井戸から水を汲み上げてバサバサと

かけた。少し薄くはなったものの、黒ずんだ血の痕《あと》は消えることがなかった。

「なんだよ、もう、これはよう！」

苛立《いらだ》つ態度の仙吉を、おちかは訝しげに見ていた。

だが、仙吉の方も、幽霊と出会って、それが血塗《ちまみ》れだったと言っても、決して信じるおちかではないと分かっている。お化けや幽霊の類《たぐい》は、恐いと思う人の心から起こる目の錯覚だと断じている女だからだ。

「あんた……」

心配そうに見るおちかに、仙吉は振り向きもしないで、

「なんだよ。どうせ、俺が話したところで、おまえは信じめえ。バカ話だと言って」

「そうじゃなくて……もしかして、誰かと揉《も》めて刺したりしたんじゃないだろうねえ……おまえさん、気は優しいけれど、カッとなると見境がつかなくなるときがあるから」

「おいおい。亭主に向かって、何て言い草でえ」

「だったら、その血……」

「……だ、だから、女の幽霊が、その……」

ぞくぞくっと震える仙吉に、おちかはきちんと向かい合って、

「まさかとは思うけれど、何かやらかしたのなら、離縁ですからね」

おちかがそうハッキリと言うには訳がある。

以前にも似たようなことがあったからだ。酔っぱらいに絡まれた仙吉は、ただ避けていただけだが、つい張り手をかましてしまった。すると、相手が匕首を抜いたので、カッとなって、それを奪い取ってグサリと相手の足に突き立てたのである。

むろん、死ぬような怪我はさせなかったが、番屋に呼ばれて、大変な目に遭ったのである。大工の棟梁がきちんと身元を引き受けて、奉行所にも出向いて話をつけたので、事情も勘案されて前科にはならなかったが、

――今度やったら、たとえ護身のためとはいえ、お縄になるぞ。

と町方与力からも、念を押されていたのである。

だから、おちかは心配したのであった。しかも、ゆうべ持って行った大工道具がない。もしかしたら、それでやったのではないかと疑ったのである。

「おちか……てめえって奴は、なんて女房だ……亭主がそんなにタチが悪いと思っ

てやがるのか、このやろうめ」

仙吉は着物を着替えると、スタコラさっさと木戸口から出て、仕事に向かうのであった。おちかは、昼飯に作った握り飯を持って後を追ったが、仙吉の姿はもう遥か遠くに駆け去っていた。

二

江戸は百万の人が暮らす、まさに日の本一の町であるが、幕府に招かれたオランダ人が驚くほどの大きく立派な湊町であった。目の前に広がる江戸湾に注ぎ出る隅田川、江戸川、荒川、多摩川などの大きな河川を擁する、まさに水の都である。

海や河川、そして掘割には、大小の無数の船が群れとなって動いており、活気に溢れていた。江戸市中を見廻しても、道を走る荷車よりも、網の目のように張り巡らされている掘割を往来する荷船の方がはるかに多く、櫓の音が聞こえぬ日はなかった。当然、海や川では事故や事件が起き、船手奉行所の出番も多くなるのだが、ときに、

——町奉行所が扱うか、船手奉行所が扱うか。

で揉めることがある。

町場は様々な事件で手が廻らないから、水際で暮らす人々も多くが船手奉行の世話になっている。しかし、概《おおむ》ね、面倒臭いことは船手に丸投げしておけ、というのが町方の考えだった。

此度の一件も、それに近かった。

幼い子供が水死したのである。十日前の雨の日のことだった。二、三日、篠つく雨が続いたので水嵩が増し、流された小さな橋もあったほどだった。

濁り水の中から、まだ三歳にもならない男の子が見つかったのは、そんな日だった。

二親は深川不動の近くで小間物屋を営んでおり、子供は目の届くところに置いていた。たまに境内まで出て遊んでいることはあったが、近所の人たちもいたから安心していた。

その安心がいけなかった。ふいに姿を消したので、夕暮れから夜通し探していたのだが、一向に見つからず、明け方、橋脚に体を折るようにして引っかかっている子供の姿が、荷船の船頭によって見つけられたのだ。

だが、すでに死んでおり、管轄である船手奉行で検死したところ、溺死であると判断された。流されたときの打撲はあったが、他に殺しに結びつくような怪しい痣《あざ》などはなかった。だとしても、何者かが悪戯《いたずら》で落としたとも考えられる。船手ではそれも探索したものの、誤って落ちたと結論がついた。

しかし、薙左には、ひとつだけ腑《ふ》に落ちないことがあった。雨が降っているのに、なぜ、その子が家から出たのか、ということだ。

薙左がつぶさに調べてみると、その子はいなくなる日、朝から、

「ピイピイ泣いてる。なんか、ピイピイ泣いてる」

と繰り返していたというのだ。それが何であるのか、薙左は気になっていたのだが、親や近在の人々に訊いても、さっぱり分からないとのことだった。

幼子の名は、蓑吉《みのきち》といい、二親は太兵衛《たへえ》とおそのである。殊に、母親のおそのは、我が子を失って、仕事なんぞ手につくはずもなく、日がな一日中、生気のない顔で過ごしていた。近所の顔馴染みは慰める言葉もなくて、ただ見守るしかなかった。

薙左が太兵衛夫婦の店に訪ねてきたときも、初七日は済んだとはいえ、まだ通夜

のような重苦しさが漂っていた。まだ何も分からぬ幼子を失ったのだ。二親が悲嘆に暮れているのは当たり前のことだった。

「辛《つら》いだろうが、その日のことを、もう少し話してくれませんかね」

丁寧に言ったつもりだが、太兵衛は傷口に塩を擦《す》りこまれた痛みに感じたのであろう。もう放っておいてくれと言った。それでも、薙左は食い下がるように、

「ピイピイと何かが泣いているのを聞いたって、蓑吉ちゃんは言ってたらしいじゃないか。それは一体、何だったんだろう」

「分かりませんよ。それが、何なのです」

「もしかして、その何かを追いかけたがために、川に……」

落ちたのかもしれないという言葉は呑み込んだ。

「……旦那は何を気にしているのですか」

太兵衛が訝しげに訊いたが、薙左は少し曖昧《あいまい》に返してから、

「蓑吉ちゃんが亡くなったのは、どうしてか……それを、きちんと調べたいだけです」

「溺れ死んだのではないのですか」

「でも、もし……もしですよ、誰かが突き落としたりしたのであれば、もう一度、調べ直さなければならない。検死によると、溺れて死んだのか、殺されてから投げ込まれたのかがハッキリしてないんです」

「…………」

「これが大人ならば、肺臓に入っている水の様子で分からぬではないのですが、子供ですからね……あんな小さな子供なら、わざわざ殺してから川に流さなくても……」

「やめて下さいまし」

聞きたくもないと耳を塞いで、太兵衛は眉《まゆ》を顰《ひそ》めた。

「どうして死んだかなんて調べたところで、蓑吉が帰ってくるわけじゃありません。そうでしょう、船手の旦那」

「そうかもしれないが、きちんと供養するためには……」

「余計なお節介ですよ。私たち夫婦がどんな思いでいるか、あんたのような若造に分かるもんですか……あ、若造とは言い過ぎました……申し訳ございません」

「謝ることはないですよ。たしかに不躾《ぶしつけ》だったかもしれません。でもね、太兵衛さん。よく考えてみて下さい。万が一……万が一ですよ。誰かが殺したとしたら、そいつにはきちんと刑罰を受けて貰わなきゃならない」

「……………」

「そうすることが、蓑吉ちゃんへの供養になると思います」

薙左にそう言われると、太兵衛は目を閉じて、何かを我慢するように手を握り締めた。すると、奥で聞いていたおそのがやつれた顔を出して、

「私がいけないんです……私があのとき……」

と言いかけたとき、太兵衛は首を振って、

「おそのッ……」

何も言うなと止めた。だが、おそのは涙にくれた目で続けた。

「店をうろうろしてて邪魔だったから、『うるさいから、あっちに行ってなさい』って頭を叩いたのです。そしたら、雨が降っているのに飛び出して行きました」

「飛び出して……」

「どうせ、不動尊境内の飴《あめ》屋に行っているんだろうと思ってました。その店のお爺《じい》さんにとても懐《なつ》いてましたから」

「だが、飴屋にも行っていなかった」

「はい。ですから、私が悪いのです。あんなふうに叩いた私が……」

うぅっと声を忍ばせて、すすり泣くおそのを、薙左はじっと見ることができなかった。おそのはそれほど自分を責めていたからだ。放っておけば、死ぬのではないかと思ったくらいである。

「おそのさん……」

薙左は優しく声をかけた。

「母親なら、そう思うでしょうね。でも、だからといって、自分のせいにしてはいけません。この際、はっきり言います」

「…………」

「私は、蓑吉ちゃんは何者かに殺されたと考えています」

「ええ!?　どうして、そんな……」

太兵衛の方が驚いた目で見た。そして、もうこれ以上、余計な詮索はやめて欲しいとでも言いたげに身を乗り出したが、薙左はあえて続けた。

「いいですか。私たち船手は、陸の町方とは違って、水辺から探索をしていきます。

ピンとこないかもしれませんが、川や掘割の船から見ていると、普段では見えないものが見えてくるんです」

「見えないもの……」

「たとえば、流れている塵芥《ごみ》とか、澱《よど》んでいるところとか、水が渦巻いているところなど……です」

蕹左は真剣なまなざしになって、蓑吉が体を折るようにして引っかかっていた橋脚というのを思い描いた。

「逆なんです」

「ぎゃ……逆？」

「ええ。蓑吉ちゃんが見つかった堀川のあたりは、潮の満ち引きが激しくて、流れも幾つかに分かれるから、あの刻限に橋脚にひっかかっているとしたら、反対側の橋脚になるはずなんです」

「ええ？」

「しかも、私たち船手は、その日の夕暮れから真夜中にかけて……もちろん、蓑吉ちゃんが行方知れずになっていたことは、まだ知りませんでしたが、増水が気がかりで見廻りをしていたのですよ」

「………」

「その折に、見つかってなかった子が明け方、あの場所にいるということは、大川から流れ込んできたことになる。そんなことがありますかねえ……ないのです。大川に出たのならば、そのまま海へ行ってしまいますから。となると考えられるのは……」

「考えられるのは？」

太兵衛はさらに、薙左の方に前のめりになった。

「誰かが水を飲ませて殺した後で、わざとあそこに置いたということです」

「そ、そんな……」

「残酷な話ですが、私はそう睨んでいます」

凝然となって身動きひとつしなかったが、太兵衛の唇は細かく震えていた。そして、喉がカラカラになったのであろう、ごくりと生唾を飲み込んで、薙左から視線を逸らした。

——太兵衛は何か隠している……。

薙左はそう思ったが、すぐさま追及するほど無神経ではなかった。

殺されたかもしれない。そう聞いても、おそのは自分が悪いことには間違いない、目を離さなければ、死ぬことはなかった。そう訴え続けた。

「はたして、そうでしょうか……」

カマでもかけるように薙左が言うと、太兵衛は打って変わって恐い顔になって、

「どういう意味だ、旦那……よう。何か言いたいことがあるなら言えよ……持って回ったように、なんでえ！」

その動揺したような口ぶりに、薙左はある確信をもって、

「だったら、太兵衛さん。あんたが、きちんと話すべきではありませんか……あなたがおかみさんに隠していることを」

ときっぱりと言った。

太兵衛は顔をそむけて、「知るもんか」とだけ呟いた。

三

「おまえにしちゃ、真っ直ぐじゃなくて、ひねりを加えて……まあ、上出来じゃねえか。そろそろ、船手のやり方に慣れてきたってところか」

　鮫島拓兵衛は片肘をついて、スルメイカをしゃぶりながら、居酒屋の隅っこの席から、格子窓越しに表の通りに目を配っていた。その前では、きちんと背筋を伸ばした薙左が酒には一切、口をつけず、同じように外を見やっていた。

　目の前には、深川不動尊に参拝する人々がぞろぞろ通っており、その向こうに太兵衛の小間物屋が見える。参拝客相手の土産物《みやげもの》も売っているので、客足が絶えることはない。

　薙左と鮫島は、太兵衛が動くと見て、張り込んでいるのである。

「おかみさんの方は、滅入ったまんまなんだろうな……ちっとも店に出てきやがらねえ。ま、女親としたら、当たり前だな」

　ぐいと杯をあおって、鮫島の目はぼんやりと店先を眺めている。

「なんですか、もう」

「ん、何がだ」

「勤番の最中に、酒を飲みながらとは……そんなことで、役人と言えますか」

「お奉行だってやってることだ。小さなことは気にするな」

「小さなことではありませぬ」

「では、大きなことか？　おまえが睨んだとおり、あの蓑吉ってガキが殺されたのだとしたら、こりゃ、でっけえ事件だ。町方じゃ、到底、暴けなかったことだ」

「しかし……」

「そう堅苦しい顔をするな。こっちまで肩が凝ってくるじゃねえか」

文句を言う薙左を軽くかわした鮫島の目が、鋭く変わった。

「見ろ」

鮫島がするめのゲソで指し示すと、小間物屋の前に、十手持ちが立ち寄った。狸腹の小柄な男だが、腕っ節は強そうで、目つきも人を近づかせない鋭さがあった。

「梅七だ」

「うめしち……」

「木場の梅七って岡っ引だ。元はどっかの坊主だという変わり種でな。結う髪もねえから、そう言っているだけかもしれねえが、奴に睨まれたら、獄門送りになるから、〝念仏の梅〟という異名もある」

「念仏の……」

「一度見たら忘れられない顔だが、よく覚えておくがいい」

目に焼きつけるように見ている薙左に、鮫島は溜息混じりに言った。

「奴が来たってことは、やはり、おまえが睨んだとおり、太兵衛には何か隠し事でもあるに違いねえな」

「そうなのですか？」

「太兵衛って奴に念仏を上げたいのか、それとも他の誰かを探ってのことかは分からねえが……本所深川のこの辺りは奴のシマだ。挨拶くらいしておいた方がいいかもしれねえな」

「挨拶……ですか。船手番同心が岡っ引きに」

「当たり前だ。俺たちゃ、町方の領分を侵しているんだからな。ああいうのを味方につけとけば、何かと便利なんだよ」

鮫島はそう言うと思惑ありげに、またスルメを食いちぎって、

「どういう話をしているか、ちょっくら訊いてこい」

「私がですか」

「俺に行けと言うのか？」

「あ、はい……分かりました……」

薙左は少しだけ不満げに言ってから、腰に刀を差すと、表に向かった。

小間物屋の裏手の路地に身をひそめて、明かり取りの格子窓から、店の中を窺っていると、太兵衛は卑屈なくらいに梅七に頭を下げていた。女房に聞かれたくない話のようで、太兵衛はしきりに奥を気にしながら、

「旦那、あの話なら表で……」

と、さりげなく誘い出した。梅七はあっさり承知して外に出ると、ぶらぶらと不動尊の境内の方へ向かいながら、

「だから言ったじゃねえか、太兵衛」

意味ありげに声をひそめた。

「奴らに逆らえば、ガキが死ぬことになる。そう脅したからには、必ず手を下すのは分かってたはずじゃねえか」

「………」

「てめえの息子が殺されても、黙ってなきゃならねえ恩義が奴にあるのか」

「違いますよ……」

「何が違うんだ」

「息子を殺したのは、奴らじゃありやせん。本当に足を滑らせて落ちたんだと思います。可哀想なことをしました」

「そんなふうに言えるのは、てめえの本当の子じゃないからだろう。連れ子だから、さして悲しくもないんじゃないか?」

太兵衛がおそのを嫁にしたのは、蓑吉が生まれたばかりの頃だった。おそのは前の亭主に先立たれ、身の振り方が分からず、悩んだ末、我が子を抱いて身投げをして死のうとしたのだった。

それを通りかかって助けたのが太兵衛だ。が、皮肉なことに、おそのの前の亭主の死には、太兵衛も関わっていたのだった。

実は、太兵衛はかつて、〝疾風《はやて》の勘次《かんじ》〟という盗っ人の手引き役をしていたことがある。小間物屋というのは、色々な大店に出向いて商いをすることが多かった。しぜんと顔馴染みも増え、勝手口から奥に入ることも多かったから、台所事情などは手に取るように分かった。

そんな太兵衛を、〝疾風の勘次〟は利用したのである。

「勘次がおまえの幼馴染みだってことは、承知している。川崎宿の外れで、貧しい木賃宿を営んでいたおまえの家は、いつも火の車だった。それを助けてくれていたのが……勘次だ。奴は、川崎宿の問屋場の倅《せがれ》で、宿場に顔は利《き》くし、金もあったからな。けど、分からないのが、なぜ、おまえと仲がよかったかということだ」

「…………」

「お互い、弱味でも握りあっていたか……それとも、ふたりだけの隠し事でもあったんだろうがな。違うか？」

「──梅七の親分。もう勘弁して下さい」

津波のせいで、床下にはまだ泥が残っている本堂に近づきながら、太兵衛は梅七を振り返った。

「私は〝疾風の勘次〟なんて奴は知りません」

「今更、何を惚《とぼ》けやがる」

梅七は鼻で笑って、十手を突きつけて、

「おめえは、俺がこれだけ情けをかけてやっているのを無下にしやがるのか？　勘次にどんな恩義があるのか知らねえが、連れ子とはいえ、てめえのガキを殺されてまで黙っていなきゃならねえのか。さあ、言え、太兵衛。奴らの隠れ家はどこだ。それさえ分かれば、てめえの罪は一切、咎《とが》めねえ」

声を殺しているが、怒りは隠しきれない顔で、梅七は太兵衛に迫った。

「庇《かば》ったところで、何の得になるんだ。奴にとっちゃ、おまえは裏切り者だ。次はカミさんが殺されるぜ、ええッ」

「私は……勘次を信じてます。ですから……蓑吉が仮に殺されたのだとしても、勘次のせいじゃないと思ってます」

「なんだと？」

「殺したのは……」

太兵衛はぎろりと梅七を見やった。

「——殺したのは……誰だ」

「分かりません。ですが、勘次じゃないことはたしかだ。奴が……仮にも俺の子を殺すわけがないんだ」

「だが、奴は……」

少し溜息をついて、梅七はじっと太兵衛を見つめ、

「おまえに、例の千両箱の隠し場所を教えろと迫り、話さなければ子供を殺すと脅してきたはずだ」

「………」

「じゃねえのかい」

「そうだが……俺はやったのは、勘次じゃねえと思っている」

「ふ〜ん。だったら、誰がやったと？」

睨みつける梅七の鋭い目から、太兵衛は思わず顔を逸らしてしまった。そのときである。

「み〜つけた」

と境内に響き渡るような大きな女の声が、すぐ近くで起こった。驚いて梅七と太兵衛が振り返ると——灯籠《とうろう》の陰に、しゃがみ込んでいる薙左がおり、後ろから手で目隠ししているおかよがいた。

「あれは、町年寄奈良屋の……」

娘だと梅七が呟くのと同時に、太兵衛がアッと声を洩らした。薙左の姿を見たか

らである。白羽織に白袴は船手のしるしである。梅七は不審に思って、

「おまえ、あいつを知っているのか。白袴の男だよ」

「船手奉行所の早乙女薙左という同心です」

「どうして船手が？」

「蓑吉は誰かに殺されたと言い張っているんです」

「ふ～ん。船手番同心に町年寄の娘か……なんともまあ、妙な風向きになって来たものだ。おまえさんを張っていたようだしな」

ギラリと眼光が鋭くなった梅七は、十手の先で太兵衛の肩を軽く叩いて、さりげなく境内の裏手へ立ち去った。

四

「放せ、こら。何をするんだ、おかよ」

立ち上がって振り払うと、おかよの手首を摑んで睨みつけた。それでも、おかよの方はにこにこ笑っている。

「何がおかしいんだ」

「すぐに、私だってこと分かったから」

「こんなことをするのは、おまえしかおらぬ」

あの津波の一件以来、おかよはまるで神出鬼没のように薙左のいる所に、いきなり「バア！」と現れたり、目隠しをしたり、遠くから大声で手を振ったりしていた。その都度《つど》、

「まあ、偶然ねえ。ここで会ったのも何かの縁。やはりふたりは結ばれているのですね、旦那様ア」

などと抱きついてくるのである。真面目なのか、ふざけているのか分からないが、自分の夫と決めたというのは真剣なことで、薙左の迷惑など顧みず、ずんずんと攻め寄ってくるのである。薙左としても、おかよのことが嫌いではないが、

――勘弁して欲しい。

というのが正直なところであった。清楚《せいそ》で慎み深い女が好きなのだ。

それに、町人とはいえ、町年寄という立派な家柄の〝お嬢様〟を相手に夫が務まるとも思わなかった。しかも、自分もまだまだ若い。修業の身であるからと正式に

断っているにも拘わらず、無神経な態度である。薙左は本当に頭をかかえていた。

「あのなあ……今、大事なお勤め中なのだ。悪いが後にしてくれぬか」

「後で？　後でっていつ？」

「だから、また後で訪ねるから、この場は……ああ、ほら見ろ……岡っ引が行ってしまったではないか。それに、太兵衛にも気づかれてしまった」

見張っていたのがバレたからには、そそくさと店に戻ってゆく太兵衛の後ろ姿を、薙左は見送るしかなかった。

「こんな所で張ってたところで、何も解決しませんことよ」

「え？」

「だって、今の人、蓑吉ちゃんの一件を調べているのでございましょう？」

「ございましょう……って、どうして、そのことを」

「知ってますよ。薙左さんのことなら、何でも知っているんです、私」

おかよは白い歯を光らせて微笑《ほほえ》むと、薙左の手を握り直して、

「ささ、参りましょう。さあ、さあ」

と芝居がかって引っ張った。薙左は踏ん張ろうとしたが、力強く歩き出すおかよ

は、何が楽しいのか子供のように飛び跳ねていた。

薙左が連れて来られたのは、霊巌寺門前にある蕎麦屋《そば》『橋本屋』だった。浄心寺にも隣接しており、参拝客が立ち寄る店だが、遠くから泊まりがけで来た人々のために、二階は宿になっていた。

一階は広々とした座敷で、十数の食卓があり、玄関を入ったすぐ右手の黒光りしている階段を登ると、泊まり部屋がある。ちょっとした船宿よりも立派な造りで、障子窓を開けると霊巌寺を目の前にしつつ、その向こうに小名木川《おなぎ》を眺めることができた。

「——おい。ここは……」

腰が引けそうになった薙左に、うふっとおかよは笑って、

「誤解しないでよ、薙左さん。連れ込んだわけじゃありませんから。私、あなたが考えているような尻軽女じゃないですよ」

「誰もそんな……」

「だったら、本気で抱いてくれますか？」

「な、な……」

「きゃ、照れちゃって。嘘ですよ。そのときには、真面目にお頼みします」

「真面目にって、おまえ……」

また頰が赤くなった薙左に、おかよは屈託のない笑顔を返して、

「今日は、薙左さんの探索のお手伝いに参りました」

「どういうことだ。手伝いって」

「あ、来たみたい」

開け放たれた障子窓から、蕎麦屋の前の道を見下ろしながら、おかよは何だか楽しそうな声をあげた。表通りや路地、寺の境内では、子供たちが〝下駄隠し〟や〝芋虫《いもむし》ころころ〟、大八車を使った〝ギッコンバッタン〟、〝山伏くぐり〟などをして遊んでいた。愉快そうな子供たちの声は、働いている大人たちの汗を拭《ぬぐ》うように癒やしてくれる。

やがて、上背があって、がっちりとした紬《つむぎ》の羽織を着た町人が二階座敷に入ってきた。

「弥平次《やへいじ》。薙左は初対面だが、おかよは随分と馴《な》れ馴れしく、

「大丈夫です」誰にも尾《つ》けられなかったでしょうねえ」

「町方の手先に睨まれたら、お父様に迷惑がかかるからね。町年寄の娘が、船手奉行所の手助けをしているなんてことが耳に入ったら、何を言われるか……もっとも、北町奉行の遠山《とおやまさ》左衛門尉《えもんのじょう》様は、お父様と肝胆《かんたん》相照らす仲ってやつですから、大丈夫だとは思うけれどね」

町年寄は奉行から、直接物事を言いつかるため、頻繁に顔を合わせている。むしろ、奉行の方が、先祖代々、町政を担ってきた町年寄を頼っている。事務方のトップみたいなものだから、官吏としての能力はもとより、お互い人間として信頼していなければ、江戸の町をきちんと支配することなどできなかった。

おかよに、弥平次と呼び捨てにされた男は、奈良屋の使用人で、町年寄手代頭である。町年寄は元々、代官の役目も担っていた。ゆえに、商家の支配役や勤番役のような〝幹部〟として、手代頭が実務を担っていた。だが、お嬢様のおかよから見れば、奉公人であるから、何かと命じていたのだろう。

「分かったことはあったかい？」

弥平次は薙左に挨拶をしてから、おかよに向き直って、

「はい。太兵衛という男が、深川不動尊のそばで小間物屋を始めたのは、今から五

年程前のことになりますが、その誠実な人柄で、色々な商家に出入りできるようになり、少しずつ客を増やしていきました」

「で、子供が亡くなったのは……」

蓑吉という子が連れ子であることも、弥平次は調べ出してきていた。どういう経緯で一緒になったかという理由も分かっていたが、不思議なのは夫婦になってから、妙な連中が出入りするようになったということである。

「妙な連中って？」

おかよが訊くと、弥平次は少し声を低めて、薙左を見ながら、

「〝疾風の勘次〟という盗っ人一味らしいのです」

「その名なら……」

今し方、木場の梅七の口から聞いたばかりだと、薙左は伝えた。

「梅七親分は前々から、勘次を追いかけていましたからね」

「どうでも捕まえなければ気が済まない、という雰囲気だったが」

「そりゃそうでしょう……梅七親分は、勘次に恋女房を殺されたのですからねえ」

「ええ!?　どういうことだ、それは」

薙左が身を乗り出すと、弥平次は痛々しげに眉をひそめて、

「梅七親分は、あるとき、勘次を追いつめたんだが、運の悪いことに……いや、勘次はわざと梅七親分の家に踏み込んで、おかみさんのお糸《いと》さんを人質に取ったんです」

「人質に……」

「まあ、この話はその頃は、よく知られていたことですが、勘次と睨み合っていた梅七親分が踏み込もうとしたら、勘次は本当にお糸さんを刺してしまった……その傷がもとで、おかみさんは三日後に亡くなった」

「可哀想に……」

「だから、何が何でも勘次をとっ捕まえて、三尺高い所に登らせたいんですよ」

「そんなことが……」

溜息をついて、薙左は同情しながら、

「それで、勘次の居所を執拗に訊いていたのか……それにしても、どうして太兵衛は頑《かたく》なに答えないのですかねえ。蓑吉が勘次に殺されたかもしれないのに」

「勘次が殺したかどうかは、はっきり分からないことです」

「はっきりしているのは、早乙女様……小間物屋の太兵衛は、自分が襲って殺すハメになった大店の後家を、女房に貰っているということです」

「まあ、そうだが」

「！……」

女房に何か隠していると薙左は思っていたが、そのようなことがあったのかと改めて感慨に耽《ふけ》った。

「それは、弥平次さん、おそのは知らないことなんだろうな」

「ええ。命の恩人だと思っています」

薙左が聞いていた梅七の話が本当であることも確かめた。

「入水を助けた女がまさか、自分が苦しめた人間だとは思ってもみなかったのであろうが、そうと分かってからは辛かったであろうな」

「だが逆に、勘次の方はそのことを知って、『女房にバラされたくなかったら、また俺の仕事を手伝え』と太兵衛を脅していた節があるんですよ」

「断れないのは、どうしてだい。梅七も気にしていたが、なぜ言いなりになっているのか……太兵衛が勘次に握られている秘密は、それだけのことだろうか」

益々、疑念を抱《いだ》いた薙左に、そこを調べるのがお上の仕事ではないかと、おかよは当然のように言った。

「それにしても、町年寄なのに、どうしてここまで調べられたのだ？」

「あら、町年寄だからですよ」

弥平次ではなく、おかよが答えた。

町年寄は江戸城参賀の折には、諸国の町人筆頭の地位であり、代官の兼務もしていたことから、江戸だけでなく関八州にも詳しい。町名主を差配し、町触や地割、宗門改めから人別改め、職人の支配、十組問屋などの商人への冥加金《みょうがきん》の統制から物価や店賃の調査、色々な事業に関わる調査や訴訟の調停など多岐にわたる。町奉行がすることとの実務を担当しているといってよかった。

そのため、沢山の使用人を雇って、江戸の隅から隅までを、事細かに目を配っている。当然、町方でいえば〝目付〟のような役の者もいて、毎日のように、あらゆることを調べているのである。江戸町人の監視役といっても過言ではない。

だからこそ、苗字帯刀が許され、拝領屋敷や拝領地を与えられ、その地代などを役務の経費にあてたのである。奈良屋、樽屋、喜多村の三家で、千八百両余りにもなる。そして、その屋敷は、三家とも常盤《ときわ》橋御門外のある本町通りの角地にある。

ちなみに奈良屋は本町一丁目に、百八十坪ほどの屋敷があり、役宅を兼ねていた。他に江戸橋に千四百坪余りの蔵屋敷、尾張町と橘町にそれぞれ二百坪余りの屋敷地があった。むろん、これらは贅沢のためではなく、江戸町人が災害などがあったときに使う必要性があってのことである。

町政に精通している町年寄の手代たちは、当然のことながら、奉行所の同心や岡っ引の役割があった。だからこそ、手代であっても帯刀が許されていた。もっとも一尺八寸以下の刀に限られていたが、今日は事件も災害もないゆえ、弥平次は刀を差してはいない。

「それにしても……どうして、俺のために探索を？」

と薙左が改めて聞き返すと、おかよはいつもの屈託のない笑顔で、

「だって旦那様になる人の手助けをするのは、当たり前のことじゃないですか。ねえ、弥平次。そうだわよねえ」

水を向けられた弥平次も少々、困ったように頭を掻いていたが、まるで従順な番犬のように、「おかよさんの仰せのままに」と苦笑いをした。

五

洲崎は吉祥寺弁天の前にある江島橋は、周辺の木場と繋ぐ大切な橋だが、先般の津波によって半壊していた。古くなっていたために、一旦、すべて崩落させてから、再建していた。

——武家商家屋、傾覆すること数知れず、地震い、海鳴ること甚《はなは》だし、深川、永代、両国あたり水際の住宅民家、悉《ことごと》く破損し溺死の者あり。

などと瓦版《かわらばん》に記されているように、先の津波での被害は甚大だった。

幕府としては少しでも早く復旧したい。急ぎ仕事だから、数十人の大工が集まって作業をしている中に、一際大柄な仙吉が背中を丸めて木槌《きづち》を振るっていた。その背中に、棟梁から声がかかった。

「おい。御用聞きの親分が来てるぞ」

「御用聞き……」

仙吉はゆっくり立ち上がりながら振り返ると、屈強な棟梁の後ろに梅七が立っているのが見えた。あからさまに十手を出して、手でポンポンと叩きながら近づいてきた。

「おまえ、何かやらかしたんじゃねえだろうな、仙吉」

棟梁は心配げな顔で声をかけた。腕っ節は強いし、若い頃は少々、喧嘩早かったから、もしかしてと思ったのである。

「そうじゃねえよ」

梅七の方が棟梁を宥《なだ》めてから、仙吉を普請場の外れまで連れて行った。

「おまえさんは、この数日、掘割に架かっている橋を見て廻っていたそうだな」

「え、はい。それが何か」

「五間堀の弥勒寺橋あたりなんだがな、妙な者を見かけなかったかい」

探るような目になって、梅七は尋ねた。

「妙な者？」

「先だっての地震と津波の折、みんなが力を合わせて頑張っているときに、〝火事場泥棒〟の真似事をした輩がいてな。随分とあちこちを荒らしたようなのだ」

「あっしは特に何も見ておりやせんが……弥勒橋ってのは、どういうわけで……」

「なに。おまえがあの辺りをうろついていたと聞いてな……その夜、あの辺りで、〝疾風の勘次〟という盗っ人がな……もしかして、それらしい輩に会ってねえかと」

「へえ……」

曖昧に返事をする仙吉に、梅七は何かを感じたようで、

「悪いが、ちょいと自身番まで来てくれねえか」

「え？　どうしてです」

「じっくりと聞きてえことがあるんだ」

「ですから、それは……」

「来りゃ分かるんだよ」

俄に乱暴な口調になった梅七は、ぞっとするような目つきに変わった。そして、傍らで心配そうに見守っていた棟梁に向かって、

「いいだろう、棟梁。極悪非道の盗賊の探索なんだ。文句あるか？」

と脅すように言った。棟梁は仙吉が何か罪を犯すような人間ではないと言いかけたが、梅七は半ば強引に、

「誰も、こいつが何かしたなんて言ってねえ。下手に庇い立てすると棟梁、普請場

には色々と面倒臭い奴がいるんじゃねえのか。綺麗サッパリ洗ってやろうか？」

「あ、いや……」

「つまらねえことで、大棟梁の看板を下ろしたくねえだろうが……行くぜ、仙吉」

渋々、梅七について行くしかなかった仙吉の脳裏には、あの夜の女のことが浮かんでいた。

自身番の前まで来ると、梅七は仙吉を押しやるように中に入れて、

「正直に言えよ、仙吉」

「な、何のことでしょうか」

「見たままのことを喋《しゃべ》れば、おまえにお咎めはねえ」

「――み、見たままのこと……」

「そうだ。俺が言っている意味、分かってんだろう？」

正直言って、仙吉には何のことだか皆目見当がつかなかった。

「なら、教えてやるよ。てめえは見たはずだ。この俺をな」

「えッ、何のことです？」

仙吉はまったく訳が分からなかった。

「あっしが弥勒寺橋で見たのは……女の幽霊です……」

「女の幽霊？」

「は、はい……髪を垂らして……でも、恐くて逃げたんです。はい、正直に話します。夢かと思いました。そしたら、翌朝、足下に血がついていて……」

「なめてんのか、てめえ。幽霊ってことはねえだろう」

「本当なんです。俺は……」

「ふざけるねえ！」

梅七は目を剝いて、激しく怒鳴りつけた。

「こちとら、おめえのカミさんにも確かめて来てるんだ。たしかに、おまえの言うとおり、足下が血で濡れていた。そりゃ、どういう意味か、分かって言ってるんだろうな」

「…………」

「おまえが見た女ってのは、あの後……おまえに掘割に突き落とされた後、溺れて死んだんだよ……分かったか？」

「う、嘘……」

「俺が出鱈目《でたらめ》を言ってるというのか？」

仙吉は衝撃で声が出なかった。忽《たちま》ち、顔が青ざめて、ぶるぶると震えてきた。

「わ、わざとじゃありやせん……あっしは恐くて恐くて、思わず……」

「押したってのか」

「はい……」

「その手で押したのなら、幽霊じゃあるめえ。生きていた人間だったんだ。それを、てめえは突き落として、溺れ死なせてしまった。たとえ、わざとじゃなくても、てめえは立派な……立派ってことはねえな……救いようのない人殺しなんだよ」

梅七に睨みつけられて、仙吉はがっくりと肩を落としてしまった。まったく身に覚えのないことならば、何も怯《おび》えることはない。だが、たしかにあの夜、仙吉は女を突き落として逃げてしまった。

そのときに助ければ、女は死ななかったかもしれない。そうでなくても、翌朝、女房のおちかに正直に話していれば、あるいは別の解決があったかもしれない。しかし、恋女房にすら言えなかったというのは、後ろめたさがあったからだ。黙っていた方がいいと思ったからだ。

両手を土間についた仙吉は、ぶるぶると震える声で、

「あ……あっしが……殺したことになるんですか……でも、あっしは……あっしこそ殺されるんじゃねえか……あのときの女の目はゾッとするくれえ恐くて……」

と必死に言い訳をしたが、梅七は鼻白んだ顔のまま、

「で……そのとき、他に見た奴はいねえか」

「他に？」

「そうだ。女以外にだ」

「もう恐くて恐くて……女だけしか見ていなかったから、あっしは……」

「そうかい。何も見てねえのかい」

「へえ……」

「本当に見てねえんだな」

念を押すように詰め寄ると、梅七は仙吉を後ろ手に縛った。大きな体だが、急に縮んだように感じた。格子窓から、西日が射しているが、夏の温《ぬく》もりはなく、突き刺すように冷たかった。

「だったら、いいんだ」

梅七の声も氷のように冷たかった。

「旦那。俺が突き落とした女ってなあ、何処の誰なんです」

「いずれ、お白洲《しらす》で分かることだが、言っておいてやるよ……俺の女房だよ」

「え……親分の？」

「そうだよ。三年前、死んだ……俺の女房なんだよ」

言っている意味がよく呑み込めず、仙吉は茫然となって、不気味に笑う梅七を見上げていた。

「あの辺りには、ピイピイと泣き声がしていたそうだな……うむ。もしかして、俺の女房が泣いていたのかもしれんな」

六

「早乙女様、ここでございます」

弥平次が案内したのは、入船町にある仙吉の長屋であった。

井戸端には長屋の女房たちが集まって、ひそひそ話をしており、仙吉の部屋の中では、おちかが畳にひれ伏すように泣いていた。

人殺しの咎で、仙吉が町奉行所に連れて行かれたと知った薙左は、

――どういうことだ？

と弥平次に目顔で訊いた。一瞬、虚を衝《つ》かれたように、弥平次も首を傾げて、

「妙でございますな」

「町方にしょっ引かれたとは、何かしでかしたのか……」

薙左はおちかに事情を訊いたが、泣いてばかりで要領を得ない。ただ、人を殺《あや》めるような亭主ではないということだけは、何度も繰り返していた。

訪ねてきたのは、仙吉が太兵衛の古い友だちだと弥平次が摑んできたからである。

「おちかさん……だね」

優しく、薙左は声をかけた。船手番同心だと名乗ってから、

「小間物屋の太兵衛って名を聞いたことがあるかい？」

「…………」

「どうなんだい？　答えてくれないかな」

「――いいえ。ありません」

「太兵衛とは同じ川崎宿の出で、問屋場の勘次って倅も合わせて、三羽ガラスと呼ばれるくらい仲良しだったらしいな」

「それも、聞いたことがありません」

「でも、川崎宿の昔の知り合いなら、誰でも知っている話なんだよ」

おちかはそれに対しては何も言わず、

「うちの人は、人殺しをするような人じゃありません。ただの真面目な大工です。十五の頃に川崎から出て来て、棟梁について修業してきた人です」

懸命に訴えるように薙左を見つめた。助けて欲しいと縋《すが》っているようにも見えた。

「仙吉はどうして奉行所に連れて行かれたんだい」

「その……梅七……木場の梅七親分のおかみさんを殺した……咎で」

「それはおかしいですな」

と弥平次が薙左の後ろから、敷居を跨《また》いで入ってきた。

「梅七親分の女房なら、もう何年も前に、〝疾風の勘次〟という盗っ人を追いかけていた最中に、その盗っ人に殺されたはずだ」

「ええ!?」

驚愕《きょうがく》の目でふたりを見やったおちかは、どういうことか意味が分からなかった。では、自分の亭主は誰も殺していないのか、それとも他の誰かを殺したのか。そう考えていると、今し方、薙左が話した「勘次」という名が、盗っ人と同じ名だと、おちかは気づいた。

「まさか、旦那……」

不安げな顔を向けるおちかに、薙左はこくりと頷いて、

「〝疾風の勘次〟と呼ばれる盗っ人は、その問屋場の息子らしくてな、お上は昔馴染みに探りを入れていたんだ」

「うちの人が関わりあるとでも？」

「仙吉……それに太兵衛が、勘次と一緒に盗みを働いていたのではないか……そういう疑いがあるんだ」

「ま、まさか！」

殺しに盗っ人と聞いて、おちかは卒倒しそうになった。

「驚くのは無理もない。だが、聞いて貰わなきゃならない、おちかさん」

薙左は嫌な役目を背負ったかのように、自分も言いにくいことだがと前振りして、

「幼い頃からの三羽ガラスは、今でも……いや、今とは言わないが、大人になっても続いていたのではないか。そんな疑いがあるんだ」

「一緒に盗みを働いていたとでも？」

「そういうことです」

「そんな……」

「だからこそ、はっきりとさせたいんですよ。此度、仙吉がしょっ引かれたのは、あまりにも酷すぎる。梅七親分のおかみさん殺しの下手人《げしゅにん》として挙げるならば、それなりの証がなきゃいけない」

「ないのですか？」

「それは今から、こっちで調べてみるが、強引すぎることは否《いな》めない。だからこそ、きちんとした話を聞きたいんだ。すべてをさらけ出すことは悪いことじゃない。むしろ、本当のことを燻《いぶ》り出すためには大切なこと。それが、亭主を助けることにもなるんですよ」

　真っ直ぐに見つめる薙左の真摯《しんし》な瞳に、おちかは吸い込まれそうになった。見つめ返していれば痛くなるほど、純朴で素直な光を放っていた。

「あ、はい……」

おちかは少し乱れていた髪と襟元を整えると、

「取り乱して申し訳ありませんでした……亭主は、仙吉はあんな大柄で本当に明るい人だったんです……でも、いつからか、とっても恐がりになって、柳が揺れても幽霊だと言い張るようになったのです」

「恐がり……」

「子供の頃からだと本人は言ってましたが、一緒になったときには、そんなお化けなんか恐がっていませんでした」

「では、何がきっかけで？」

思い出を手繰《たぐ》り寄せるように、おちかは目を細めて、

「ある夜、帰ってくるのが遅かったことがあります。その日は、棟梁たちと柳橋の方で一杯引っかけたとかいって……そのとき、誰かと会ったと言ってました」

「それが、勘次だったのだな」

「はい……はっきり名は言ったわけではありませんが、川崎宿にいた頃の昔馴染みだと……それから、すみません。本当は……太兵衛という小間物屋をやっている人

のことも聞いたことがあります」

「どういうふうに」

「仲良しとかそういうのではなくて、ガキの頃、一緒にちょっとした悪さをしてた……とかね、そういう話を」

「悪さを、な」

「でも、そのときだけのことでしたから……私は、よくある昔話だと感じてました」

また不安な表情になったおちかに、傍らで聞いていた弥平次が尋ねた。

「これは私の考えですから、聞き流してくれても構いません」

「…………」

「勘次と太兵衛、そして、あなたのご亭主は三人で盗みをしていたのではないか……そう思える節があるのです」

「…………」

おちかは信じたくないと首を振ったが、弥平次は物静かな口ぶりで続けた。

「まあ、聞いて下さい。私は以前、この足で川崎まで行って調べたのです。ええ、梅七親分のおかみさんが殺された一件の頃にね」

「…………」

「勘次は問屋場の倅だから、結構、羽振りもよく、裕福とはいえない太兵衛さんと仙吉さんを子分にしていた。その頃、ふざけ半分で、旅人を脅して金を巻き上げたりしていたそうです。勘次は金には困っていないのですから、ただ人が困るのを見て喜んでいたのでしょう」

黙って聞いていたおちかは、耳にするだけでも苦しそうだった。

「だが……問屋場でちょっとした手違いがあって、勘次の父親は問屋場の主人を辞めざるを得なくなった。それからは夜逃げ同然で、勘次の一家はいなくなったそうです」

「…………」

「けれど、勘次は太兵衛さんと仙吉さんには、何となく居場所を報せたりして、こっそりと会っていたそうです。そんなあるとき……三人は一緒に、ある大店の蔵に盗みに入った。むろん金欲しさです。だが、盗み出したのは大した金ではなく、彼らはまだ十五にもならぬ子供だったから、お咎めはなかった……ええ、御定書百箇条では十五にならぬ子は、親戚預かりの上、十六になってから罪一等減じて処罰すると定められていますからね」

「うちの人がそんな……」

「仙吉さんと太兵衛さんは、それから大工の棟梁や商家に奉公に出て、まっとうに暮らし始めた。けれど、勘次だけは、お坊ちゃん育ちだからか、まともに仕事をすることはなく……盗っ人の手下になった」

弥平次はそう言ってから、俯いたままのおちかの肩にそっと触れて、

「私は町年寄奈良屋の者ですから、江戸に流れてきた者については、それなりに調べなきゃならなかったんです。気分を害したかもしれませんが、ご亭主の無実を明かすためですから、もう少しご勘弁下さい」

「は、はい……」

「盗っ人の修業をした後、〝疾風の勘次〟となった問屋場の倅は、昔馴染みをよいことに、大工や小間物屋として働いている仙吉さんと太兵衛さんに、手引きをさせたんだと思いますよ。太兵衛さんは色々な商家に出入りをしているし、仙吉さんも大工仕事で、内情を知っている商家も沢山ありましょうからね」

「…………」

「事実、勘次に襲われた所は……まだ証左はしてませんが、ふたりの知っている商家が多かったかに思われます」

「そんな……」

「つまりは、まっとうになった仙吉さんと太兵衛さんは、悪党になった勘次に、うまく利用されていたんですな。人のよいふたりは、それぞれ女房持ちだから、事を荒立てたくなくて、素直に従っただけかもしれない」

話し終えた弥平次が深い溜息をつくと、薙左はおちかの前に立って、

「――他に何か気づいたことはなかったかい？」

「気づいたこと……ああ、そうです……つい先日……」

着物の裾に血をつけて帰ってきた話を、おちかは正直にした。橋脚を見廻っていた夜に、幽霊を見た話だが、薙左はそこに何か落とし穴があるなと感じた。

「ピイピイと泣いているんです」

おちかがふいに言った。

「亭主が幽霊を見た弥勒寺橋あたりで……色々な人が聞いているのです。亭主はそ

れが幽霊の悲しむ声だとか言って……そんなことばかり言うから、こっちまで気味が悪くなってきましてね……あまり人が近づかなくなったとか」

「ピイピイ……とな」

薙左は何か閃いたのか、思わず目を輝かせて飛び出して行った。

七

弥勒寺橋に駆けてきた薙左は、いまだに津波のせいで澱んだままの掘割を見て、暗澹《あんたん》たる気持ちになった。

広く深く掘られている所だが、入り堀になっていて、しかも複雑に曲がっているため、きちんと流れていないのが原因である。掘割の先は、ある武家屋敷の前で留まっていて、大雨などになると水が溢れることもあるから、早急に迂回路《うかいろ》を造らねばならぬと検討していた場所である。

通りがかった出商いの者に、薙左は尋ねてみた。

「ピイピイと泣く声がするらしいが、おまえさん、聞いたことがあるかい？」

「ああ、何度かありますよ。夜に限りますがね」

「夜に限る？」

「いえ、昼間も聞いた者がいるとか……でも、昼間は櫓の音や物売りの声、子供の遊ぶ声なんかもありますからねえ」

「なるほど……この辺りも、にが汐になるから、もしかするともしかするな」

「はあ？」

「いや。どうも、ありがとう」

薙左は掘割沿いの道を歩きながら、つぶさに異常はないか見ていた。

すると、暗渠《あんきょ》のようになっている辺りから、小さな声が洩れている。薙左が近くにあった竹竿《たけざお》を差し伸べると、ぐるぐるっと渦が巻いて、黒い物がぽわんと浮かんできた。

「これは……」

鯨の子供かイルカかと思われた。薙左が一見したところ、イルカのようだったが、淡水に棲《す》むカワイルカではなく、海に棲むものらしい。恐らく、津波の折に迷い込んで、〝袋小路〟となっている掘割で、ろくに動けずに弱っているようだった。

「やはりな……幽霊の正体は柳ではなく、イルカだったか……」

イルカ漁は古くからあり、〝突きん棒漁〟や〝追い込み漁〟がある。江戸の近辺では行われていないが、房総や相州、伊豆、遠州などでは行われていた。鯨とイルカは大きさで区別されている程度で、同じような扱いを受けていた。春先には、数艘の船で沖に出て、群れを見つけるや網で囲って、湾に追い込んで捕らえる。

江戸湾にはめったに姿を見せないが、迷い込んでいたのかもしれない。それがさらに人の住む掘割に流されたのであろう。幸いこの辺りは〝にが汐〟ゆえ、命が長らえたのだ。

「随分、弱っているな……群れから外れて、寂しくもあろう」

薙左はすぐさま高橋の橋番まで走り、船手奉行に報せて、ひらた船を二艘用意して、海まで追い出すよう命じた。逃がしても死ぬのであれば、捕獲して食べようと言う番人もいたが、

「武士の情けというやつだ。しかも、このイルカ、蓑吉という子供を川に落とした下手人を見ているかもしれぬ。それに、盗っ人〝疾風の勘次〟のこともな」

イルカの救出は川船番所の者と船手の船頭たちに任せて、薙左は深川不動尊まで

走った。若者らしく突っ走る姿は、夏風のように爽やかだった。

小間物屋に辿り着いたとき、丁度、太兵衛が梅七に連れて行かれるところであった。泣きながら女房のおそのが追いかけていた。

「待ちなさい、梅七親分」

立ち止まって振り向いた梅七は、ギラリと薙左を睨みつけて、

「また旦那ですかい。これは町方の仕事だ。船手が口出しすることじゃありやせんよ」

「では、せめて太兵衛を何の咎でしょっ引くのか、聞かせて貰おうか」

「一々、あなた様に言うまでもねえと思いやすがね。こちとら、本所廻りの旦那や定町廻り同心の伊藤俊之介様からも、お許しを得てるんでえ」

何かと船手を目の敵《かたき》にしている伊藤の名を出されて、薙左は少々、難儀だなと感じたが、町方の思い通りにはさせたくなかった。それが、太兵衛と仙吉のためだからである。

「では、俺が言ってやろうか」

薙左はズイと梅七の前に立ちはだかった。

「およしなせえ。船手の出る幕じゃねえって言ってるんですぜ」

「〝疾風の勘次〟の仲間として、おまえは仙吉を捕縛し、その上で、太兵衛も捕らえようとしているんだろう？」

「どうして……」

そのことを知っているのだと言いたげな目になったが、梅七は黙ったまま、太兵衛の縄を引いて先へ進もうとした。薙左はさらに前に立ちはだかりつつ、

「たしかに、こいつら、昔は仲間だったかもしれない。だが、今はまっとうに暮らしているし、勘次……問屋場の倅の勘次とは、すっかり縁を切っていたんだ」

「…………」

「だが、それでも、勘次の一味として捕らえて処刑したいのは梅七……恋女房を殺された怨みを晴らしたいから。そうであろう」

一瞬、ぎくりとなって身を引いた梅七は、小柄な体ながら怒りを沸々と湧かせて、薙左を睨み上げた。

「──だからなんでえ。悪いことをした奴は、それに相応《ふさわ》しい刑罰を受けなければならねんだよ。それとも何かい。船手では、人殺しや盗みをした奴を逃がすのか。

そんな都合のよい法でもあるのかい」

「船手だろうが、町方だろうが、悪いことをすりゃ裁くのが当然だ。当然だが、無理矢理、下手人に仕立てることはしない。しかも、てめえの怨みだけのためにな」

薙左も負けじと睨み返すと、梅七は全身を震わせながら見上げていたが、

「どきやがれ！」

と大声を張り上げて、十手を突きつけた。

「俺はこの十手にかけて、咎人を捕らえたまでだ。後は、お奉行がお裁きなさる。てめえの指図なんざ受けねえッ」

「なら、こっちも言わせて貰う」

両手を広げて行く手を阻む薙左に、他の捕方や小者たちが思わず六尺棒を構えた。

「〝疾風の勘次〟は、もう二年前に、急な病で死んでる。津波のときに泥棒の真似事をしたのは、奴じゃない……勘次のことは、町年寄の手代らが、きちんと調べているんだよ」

「町年寄……」

「ああ。しかも、お奉行直々の命令でだ」

「…………」

「俺が言おうとしていることが分かるな、梅七……おまえとて、勘次がすでに死んでいることなんぞ、とうに知っていたはずだ。だが、それでは腹の虫が治まらなかった。てめえの女房が殺された怨みをなんとか晴らしたい……その一心で、今はまっとうに暮らしている仙吉と太兵衛を引きずり出したかった……違うか、梅七！」

薙左が毅然と言うと、梅七はぽろりと縄から手を放した。かと思うと、いきなり薙左に向かって十手を叩きつけた。だが、薙左はまったく避けなかった。

——ガツン。

真っ向から額に十手を受けた薙左は、一瞬、ぐらりとなったが、踏ん張って立ったままだった。小野派一刀流の免許皆伝で、関口流柔術も巧みに操る武芸者である。幾ら腕っ節が強いとはいえ、梅七ごときの十手を避けられぬわけがない。

薙左の額がみるみるうちに、青痣となって膨らんだ。

それを見た梅七は、さらに逆上したように、

「てめえ……どういうつもりだ、てめえ！　このやろう！」

さらに十手で頬や肩、胸などを叩いたり突いたりした。それでも手を出さない薙

左に向かって、梅七は「ぶっ殺してやる」と怒声を張り上げた。

もう一度、十手を振りかざしたとき、その腕がぐいっと握られた。

鮫島だった。

「なんてことしやがるッ。てめえこそ、これで終いだな」

野太い声で鮫島が言うと、梅七は悔しそうに奥歯を鳴らして、その場に崩れた。

その梅七の肩をポンと叩いて、

「これで満足したかい……あんたが仙吉夫婦と太兵衛夫婦にしたことは、これと同じことだ。いや、もっと酷い、取り返しのつかないことをやったんだよ」

「………」

「すべて、洗いざらい話すことですね」

青痣から少し血が滲んでいる額の薙左の顔には、怒りとも悲しみともつかぬ表情が、ゆるやかに広がっていた。

八

鉄砲洲の船手奉行所のお白洲に、梅七が連れて来られたのは、その日の夕暮れになってからであった。仮にも、町方同心から御用札を預かっている岡っ引を裁くのだから、町奉行所に〝仁義〟を切っておく必要がある。

海風が一段と強くなってきて、船手の主門である朱門から、吹き込んでくる。まるで、お白洲の砂まで巻き上げるような激しさだった。

その風の強さは、お白洲に引きずり出された、梅七の心の中を表しているようだった。壇上の船手奉行・戸田泰全はのっけから伝法な口ぶりで、

「俺はよ、お隣さんのように、お白洲だからって品格ある態度はできねえんだよ」

と威圧するように言った。お隣さんとは、屋敷が隣り合っている北町奉行・遠山左衛門尉のことである。

「木場の梅吉……おまえの気持ちは分からぬではない。いや、かみさんを亡くしたのは俺も同じだ。分かるよ」

「ふん。そんなこたア、もう、どうでもいいですよ。とっとと、この首をビシッと刎ねておくんなせえ」

「そうはいかんのだ」

「え……？」

「俺たち奉行は、閻魔《えんま》の使いみたいなものでな。悪い奴を地獄に送ったら、突っ返されるんだ。少しはまともにしてからじゃねえと、地獄の釜《かま》も開けてくれねえとよ」

「…………」

お白洲の傍らでは、薙左もいて、見守っている。

戸田は一応、裃《かみしも》を着てはいるものの、正座ではなく、あぐらをかいて、

「こんな奴に裁かれたかねえだろう。そういう顔をしてるぜ、梅七さんよ」

わざと、さん付けで呼んで、からかうように笑った。

「だがな、仙吉も太兵衛も、おめえのような下らねえ奴に、危うく咎人にされるところだったんだ」

チッと舌打ちをした梅七を、薙左は諫めたが、まったく反省の色はなかった。戸田にも聞こえていたが、淡々と続けて、

「おまえが女房を殺されたときの話を聞こうか」

「俺の……？」

「ああ。勘次を追いつめたとき、そいつが、おまえの女房を盾にして殺したんだったな。そのときの話だよ」

梅七の女房は、たしかに勘次に人質にされ、助けて欲しいと切実に訴えていた。

だが、梅七が捕縛を焦って乗り込んだばっかりに、殺されてしまった。

「だが、そのときに……仙吉や太兵衛はいたのかい？」

「………」

「どうなんだい」

「いや。いねえ……いねえけど、奴らは仲間だったんだ」

鋭い目になって身を乗り出して、梅七は憎々しげに言った。

「他の商家を襲ったときも、勘次はその店の主人を刺し殺した。そのときには、そのふたりもいたんだ。同じ穴のムジナだ」

「いや。そのときも、仙吉と太兵衛はいねえよ。たしかに、手引きはしたようだが、殺しには関わりねえ。それに、そのときの殺しは、主人が勘次に襲いかかったので、その弾みでのことだ」

「それでも同じことだ！」

「ああ、同じことかもしれねえ、勘次がしたことはな。だがよ、おまえが咎人にしたかったふたりは、何もしてねえ」

「そんなことあるかい。奴らは！」

「まあ聞けよ、梅七」

　戸田はポンと扇子を床に叩きつけて、

「仙吉は自分が手引きをした商家で殺しがあった……そのことで、悔やんでも悔やみきれず、幽霊やお化けに祟《たた》られる思いで、毎日、暮らしていたって話だ」

「…………」

「太兵衛に至っては……たまさかのこととはいえ、勘次が殺した商家の後家を、子供ごと引き取っていた。これもまた、罪滅ぼしがそうさせたのかもしれねえ」

「……だ、だから、なんだ」

「おまえは、勘次が死んでいるのを承知の上で、居場所を報せろなんぞとうそぶいた。仲間であることを白日の下に晒したかったからだ……だが、太兵衛は乗らなかった。もし、ちょこっとでも喋れば、仲良しだった仙吉にも迷惑がかかる。だから、一切、黙ってたんだ」

「……」

「業を煮やしたおまえは、死んだはずの勘次のせいにしてまで……太兵衛の連れ子、蓑吉を殺して、わざと橋脚にかけておいた。どこかで水を飲ませて、そこへ運んだのだろう」

ぎらりと戸田は梅七を睨みつけて、

「そうなりゃ、町方ももっと真剣に探索をする。事と次第では、女房も殺すつもりだったんじゃねえのか」

「知るけえ……」

「そこまでして、女房の怨みを晴らしたいというのは、肝心の勘次がこの世にいないからだ。どこにぶつけていいか分からないから、盗っ人仲間だった仙吉と太兵衛を苦しめようと思った。違うかい」

「……」

「そして、〝疾風の勘次〟は三人組だと世間に見せかけて、残りふたりも同罪にしようとした。これが十手持ちのすることかねえ」

「うるせえ……手引きだろうが何だろうが、盗みに荷担したことには変わりがねえ」

「勘次には、それこそ女房を殺すと脅されていたからだ……おまえだって、女房を殺すと言われりゃ、渋々、手を貸すことくらいしたかもしれねえやな」

「知ったことか。だからって……だからって……」

梅七は亡くした女房の顔を思い出したのか、言葉を失った。

「もっとも、すべてを正直に話さなかった仙吉と太兵衛にも罪はある。だが、夜鷹《よたか》を幽霊に化けさせてまで仙吉を脅し、それを殺したということで、咎人に仕立てるのは……どう考えても許すことはできねえな」

「！……」

「おまえも知っていたんだろう？　仙吉があの一件以来、恐がりになったことをよ」

「………」

「町奉行所に連れて行き、後から自白を取ったことにし、その場所に夜鷹の死骸でも置いておくつもりだったのだろうが……夜鷹の死骸は、イルカの棲んでいた入り堀から見つかったよ」

「イルカ……？」

「蓑吉坊が見つかったのも、あの辺りだ。薙左が気づいたように、流れが逆……イルカが出るに出られない所から、ガキが流れてくることはねえしな」

「…………」

「にが汐、なんだよ……おまえの人生にも、色々な潮目があったのだろうが、てめえでその流れを変えちまった……海水も淡水も入り混じってるのが、人の世というものだ。おまえは、塩水から真水だけを手で掬《すく》い取ろうとしたのかもしれねえが……ちょいと無理な話だったな」

「…………」

「どんなことをしても、あの世から、かみさんの魂だけを呼び戻すことはできねえんだよ。違うかい、梅七」

がっくりと項垂れた梅七は、初めてさめざめと泣き声を洩らした。

子供や夜鷹を殺した愚行を悔いてるのか、自分の憐れさを嘆いているのか、それとも黄泉《よみ》の国で待っている女房に合わせる顔がないと恥じているのか。梅七の嚙み殺した泣き声は、海風に掻き消されることもなく、いつまでも続いていた。

その夜も――。

居酒屋の『あほうどり』には、二、三人の船手の客しかおらず、女将のお藤とさくらは、通夜のような飲み会に辟易《へきえき》としていた。

「お白洲の後だからって、なんだか、湿っぽいねえ。パッといこう、パッと」

さくらが囃《はや》し立てたが、片隅で肘をついて飲んでいる薙左は、まったく冴えない顔のままだった。

もし、〝疾風の勘次〟が梅七の女房を殺したときに、町方がさっさと捕らえて処刑をしていれば、余計な死人は出ずに済んだ。梅七の悲しみは残るにしても、他の者に危害を加えなかったかもしれない。

「思っても、詮《せん》ないことだが……」

ぽつり薙左がこぼしたとき、お藤はその気持ちを斟酌《しんしゃく》したのか、隣に座って酌をした。

「まあ、同心稼業なんかをやってりゃ、色々あるさね。ささ、こういう日は、酒で憂さを晴らしてですねえ……」

と言ったとき、縄のれんをくぐって、おかよが入ってきた。一段と華やかな牡丹と亀甲柄の振袖《ふりそで》で、

「また、こんな所でしたか。でも、よかった。薙左さんのお役に立てて」

にっこり笑いかけたとき、襷がけに前掛けのさくらがズイと目の前に立って、

「こんな所で悪うござんした」

「え？」

「でもねえ、薙左さんが落ち着けるのは、あなたのような能天気なおひい様の側《そば》ではなくて、うちのようなガサツな所なんです」

まるで張り合うように胸を突き出して、さくらはプンと頰を膨らませた。

「あら、あなたは鮫島様のようなオジサマ好みだと聞きましたが？」

「オジサマでも若様でも、船手の方々はここが大好きなんです。さあさあ、帰って下さいな。湿っぽいのがもっと湿っぽくなっちまうから、さあさあ」

「よせよ、さくら」

薙左はおもむろに立ち上がって、

「ちょいと、その辺りを、ぶらぶらと歩きますか」

と、おかよに声をかけると、

「そうくると思った。実は、湯船を待たせてあるんですよ、そこの船着場に」

文字通り、湯桶のある屋根船である。星空を眺めながら、ゆったりと湯に浸かって、隅田川を流れていると、嫌な気分も流れるという趣向である。

「不肖、私、お背中ぐらいは流しますよ」

明るいおかよの声が宵闇に響きながら、薙左の姿が遠ざかる。

「なにさ、もう。あんな、金持ち丸出しの女なんか。薙左さん、いつから、そんな男になっちゃったの、もう」

憤然と見送るさくらの肩を軽く叩いて、お藤は笑いながら、

「あんた。ゴマメちゃん、頼りないから嫌いだったんじゃないの？　あら、鮫島さんが来たみたい、ほら」

鉄砲洲稲荷の方に人影が見えた。

「サメさん！　待ってましたよ～！」

さくらはピョンピョンと兎のように駆け出した。

その向こうに見える波間から、イルカが跳ねたのが、月の光に煌めいた。

第三話　せせなげ

一

釣瓶《つるべ》を上げると、ピチッと鮎《あゆ》が跳ねた。

「あっ。こいつは朝から縁起がいいや。おおい、おみち。すぐに焼いてくれや」

朝起きて、顔を洗いに井戸端に行って水を汲み上げると、瓶の中に二寸ほどの小さな鮎が二尾入っていて、ちょろちょろと泳いでいる。まだ元気のよい夫婦鮎である。

――ありがたさ　たまさか井戸で　鮎を汲み
という川柳があるが、江戸の井戸とは水道のことだ。

多摩川から玉川上水を経て、江戸市中の地中を網の目のように広がっている石樋《いしどい》や箱樋を通じて、武家屋敷や長屋の敷地内の井戸に至る。よって、多摩川名物の鮎が流れ込んでくることがあり、それを汲み上げると、「万歳！」と得した気分になるのである。

女房に声をかけた亭主は、これから仕事に出かける植木職人の文吉《ふみきち》で、昨年の秋に祝言を挙げたばかりである。

「本当かい、おまえさん」

跳ねるように長屋の一室から飛び出してきたおみちは、林檎《りんご》のようなほっぺをしており、まだ童顔が残るが、これで二十歳をみっつばかり過ぎている。文吉は同い年。植木職人の親方から、出入りしている商家の娘との見合いを勧められ、たった一度会っただけで、すっかり気に入ったのであった。

おみちは、水桶の中でピチピチと跳ねている二尾の鮎を見て、

「このまま食べちゃうのは、なんだか可哀想な気がする」

と焼くのを拒んだが、めったにないめでたいことである。このまま流したら、自分たちのつきもなくなるのではないかと、文吉はだったら自分でやると、すでに熾《おこ》している炭火にかけるのであった。

ふたりのはしゃぐ姿はなかなか愛らしく、同じ長屋の住人たちも温かい目で見守っていた。若いのにしっかりしていて、性格も温厚なので、みんなに可愛がられていた。

「後は、やや子が生まれれば、国のおっ母さんも喜ぶだろうよ」

そう囃《はや》し立てられるが、子供は神様からの授かり物だから、何とも言えなかった。

だが、近所のおかみさんたちは、

「やることやらねば、神様も授けようがないからなア」

「うん。文吉さん、仕事で疲れ果てて、ちゃんと、おみちちゃんのこと可愛がってねえんじゃねえか？」

「そういや、近頃、声が聞こえねえぞ」

「んだ。今度、私がたっぷり教えてやろうかねえ。七人も産んだかんね。むはは」

などと朝っぱらから艶話に運ぼうとするから、おみちは赤い頰をさらに真っ赤にするのだった。俺の嫁さんをいじめるのは勘弁してくれと、文吉が言ったとき、

「御用の筋だ」

と言いながら、天狗《てんぐ》の弥七《やしち》が袖を捲り、十手を突きつけながら、長屋の木戸口から入ってきた。その後ろからは、小銀杏《こいちょう》に黒羽織の南町奉行所定町廻り同心・伊藤俊之介が、住人たちを睨みつけつつ、井戸端まで歩いてきて、

「朝っぱらから元気でいいなア。この不景気なのに笑い声が絶えねえのは、さぞや亭主らの稼ぎがいいんだろうな」

皮肉たっぷりな口調の伊藤に、おかみのひとりが声をかけた。

「八丁堀の旦那。あまりにも仕事がなくて、稼ぎが悪いから、笑うしかないんでさ。この長屋は『甚兵衛《じんべえ》長屋』っていうけれど、『うじわか長屋』と呼ばれてるのも知ってるでしょう」

「蛆虫もわかぬほど貧しいってか？」

「そうですよう。そんな長屋に、こんな朝っパチから何の用ですか」

「貧しいかどうかは……きちんと調べてみねえと、分からねえことだが……」

伊藤は睨《ね》めるように見廻して、

「一昨日《おととい》のこと、この長屋に盗っ人が逃げて来たのだが、姿が煙のように消えてしまった……と聞き込んできたのだが、おまえたちは誰か見なかったかい？」

「――一昨日、ですか」

おかみが訝しげに聞き返した。

「ああ。日本橋茅場町の『讃岐屋《さぬき》』という両替商から、『拝借御免』と三千両もの大金が盗まれた。もちろん千両箱ごとな。ありゃ、結構な重さだからな、大人でも担いで逃げるのは大変なんだ」

「あたしら、小判なんか拝んだことなんざありやせんよ」

「どうだかなあ……」

さらに眉間に皺を寄せて、伊藤は住人たちに疑いの目を向けて、

「本当は何処かに隠しているんじゃないのかねえ」

と言い切った。

すると、初老の大工・松兵衛《まつべえ》があからさまに嫌な顔つきをして、

「旦那。みんな、忙しい朝なんだ。御用なら、さっさとやってくれ。奥歯にモノが挟まったような言い草はよしてくれねえか」

と言った。追い打ちをかけるように、文吉も、「そうだ、そうだ」と声を張った。

「そうか……ならば、言うてやろう」

伊藤はぞくっとするほどの鋭い目を文吉に向けて、

「南町では、おめえらが盗賊一味の仲間じゃないかと睨んでいる」

「ええ!?」

文吉と同時に、松兵衛や他の長屋の人々も思わず声をあげた。

「出鱈目で言ってるんじゃない。理由はこうだ」

はっきりと断言してから、伊藤は続けた。

大店から三千両の金を盗み出した〝竜宮の辰蔵《たつぞう》〟という盗賊は、尾張町から木挽橋を渡ると、武家地を縫うように走って、一旦築地本願寺に忍び込んで身を隠した。その後、どこをどう走ったのか、上柳原町から明石町を抜けて、十軒町へと逃げた。

さらに、ここ本湊町まで逃げて来て、この長屋で忽然《こつぜん》と消えたというのだ。

「この長屋で、だって？」

鼻で笑った文吉は、長屋の住人たちを振り返りながら、

「それで、旦那はうちの連中が怪しいってんですかい？　あはは、ばかばかしい。だったら、長屋の天井裏だろうが床下だろうが、ぜんぶ、ひっぺがして調べてみりゃいい。小判どころか、一朱銀も出てこないでしょうよ」

「ああ。そうさせて貰おう……辰蔵一味が、あちこち走り廻ったのは目眩《めくら》ましだ。盗んだ『讃岐屋』からなら、まっすぐここへ来た方が早いはずだ。それなのに追っ手を迷わせた……隠れ家を悟られないためにな」

「隠れ家……ここが？　こりゃ、ますますおかしなことを言う旦那だ」

文吉は伊藤の眼前に顔を突きつけて、

「ご随意に探して下さいやし。なあ、みんな。朝から晩まで汗水流して働いてるのに、泥棒扱いされて、腹が立つじゃねえか」

「案ずるな。泥棒扱いしてえのは、おまえだけだ」

「なんだって……？」

伊藤の言葉に、一瞬にして、おみちも心配そうな顔に変わった。

「……何のこった」

「文吉。房州で、一人暮らしさせてる母親に申し訳ないと思わないのか」

「散々、悪さをしていたから、村を追い出され、母親は村八分同然に暮らしている。故郷《くに》に帰ることができねえから、江戸で暮らしているだけではないか。何を言っても無駄だ。こっちは、ぜんぶ調べ出しているのだ……辰蔵との繋がりもな」

「辰蔵との繋がり？」

「そうだ。知らぬとは言わさないぞ」

きょとんとなった文吉は、唐突に何を言い出すのだと、小刻みに笑い出した。

まったく身に覚えのないことである。たしかに子供の頃は、喧嘩に明け暮れ、盗賊の真似事をしたこともあった。だが、代官に見つかり、丁寧に説諭され、盗んだ先が親戚であることもあって、深い温情をもって許してくれた。だから、二度と悪さはしないと誓い、植木職人の親方のもとに世話になったのだ。

必死に働いて七年余り。ようやく独り立ちをして、嫁も貰った。なのに、どうして盗っ人一味の疑いをかけられなければならないのか、どうしても腑に落ちなかった。

「伊藤の旦那。俺にはまったく身に……」

「覚えがあろうがなかろうが、関わりがあるのだから仕方があるまい」

「そんな無茶な……」

「とにかく、調べるぞ。どけい」

乱暴に押しやると、伊藤は弥七に長屋中を調べろと命じた。他にも下っ引が三人ばかりいて、一斉に家探しを始めた。

先だっての地震で潰《つぶ》れなかったのが不思議なくらいの安普請だから、天井板も床板も紙のように剥がれた。しかし、半時ほど探し廻っても、盗っ人に繋がる金目のものは何ひとつ残っていなかった。

だが、長屋の奥にある便所の横手に、幾つもの足跡が残っているのが見えた。少しぬかるんでいたから、踏み荒らしたときに足跡がついたのだろうが、色々な形をしたものが、くっきりと固まっている。

「――丁度、ここで消えている」

伊藤は十手の先端で、ひとつひとつ確認するように眺めながら、

「後は、板張りの上を歩いて、部屋に戻ったのかもしれぬな。ふむ……やはり、この長屋の住人の仕業《しわざ》としか考えられぬ」

「ど、どういうことでえ」

文吉はまるで刃向かうような目つきになると、苛立って顔を赤くした。伊藤はキッと鋭い眼光を放って振り返ると、十手を文吉の鳩尾あたりに突きつけて、

「長屋の連中がグルになってるってことだ。前にもあったんだ。神田ふくろう長屋を知ってるか。あそこは、盗賊一味の巣窟だった」

こそ泥や掏摸《すり》、置き引きや枕荒らしなどをする老若男女が、肩寄せ合うようにして暮らしていたのだ。この〝うじわか長屋〟も同様だと伊藤は断ずるのだ。

「冗談じゃねえやな。勝手に決めつけられちゃ困る。いい加減にしねえと……」

噛みつくように言う文吉に、伊藤はさらに十手をグイと押しつけて、

「いい加減にしねえと何だい。てめえらは、貧乏のふりをしながら、秘《ひそ》かに金を貯め込んで贅沢をしていることは、前々から調べてるんだよ」

「三千両もありゃ、そんな廻りくどいことなんざしねえや」

「いや。人目につく贅沢をすりゃ、足がつく……だろう?」

「それに……噂話じゃ、〝竜宮の辰蔵〟って盗賊は、せいぜいが数十両から百両盗むくらいで、三千両なんて話、聞いたことないぜ」

「やはり、おまえだな。よく知っている」

「知らねえよッ」

「言ってやろう、文吉。どんな盗っ人でも、初めは一両二両から始めるんだ。そして、段々と盗む金も多くなる。今、おまえが言ったことは、おまえがしてきたことだからだ」

確信を持って言う伊藤の態度に、文吉はそれでも関わりないと首を振った。が、長屋の他の者たちは、伊藤が恐いのか、じっと耐え忍ぶように俯いていた。

他の長屋の連中も恐々とした目で、身を寄せ合うようにして見守っていた。

二

「こっち、こっち。遅いよ、薙左さん。早く、早くってば」

日本橋の大通りから、ひとつ脇に入った道を、おかよは身軽に駆けている。何が嬉しいのか、夏の日射しと同じように明るく、うっすら滲んだ肌の汗も爽やかだった。振り返って、急《せ》かすおかよに、

「おかよは足が速いんだな。女だてらに、そんなに急がなくても……」

「女だてらは余計です。そんなご時世じゃありませんでしょ」

近づく薙左の手をぎゅっと握るなり、両替商『讃岐屋』の店の前に立った。

渋めの黒鳶《くろとび》色の暖簾《のれん》に屋号が白抜きされており、小さめの軒看板もあるものの、間口も狭く、三千両もの大金を盗まれるような大店には見えなかった。つまり、盗賊に狙われそうな店構えには見えないのである。

この屋敷に三千両という大金があることを知っている者の仕業となると、よほどの下調べをしたに違いない。

「事件の起こる半月程前に店を辞めた奉公人がいるんですよ。だから、薙左さんにきっちり調べて貰おうと思って」

「待て。これは町方の縄張りだ。それに、俺はまた橋の見廻りをだな……」

「縄張りとか何とか言っているときですか。そんな考えだから、盗賊はその隙間《すきま》を利用して逃げ廻るのです」

「隙間を利用して？」

　薙左はおかよの言い草が少し気になった。たしかに、船手と町方が水際などで、どちらが探索をするか争っている間に、まんまと逃げられたこともないことはない。

　だが、概ね、船手が〝連携〟の申し出をすると、断るのは町方の方だった。困った悪習なので、薙左はなんとかしたいと思っていたが、下っ端の同心が息巻いても大した影響はなかった。

「だからといって諦めてよいのですか？」

「そういう訳じゃないが……まあ、それぞれの立場もある」

「薙左さんらしくない。海の上では、身分の上下もなく、人の命の軽重もない。だから、誠心誠意、命がけで人を助ける。そんな気持ちだったのではないのですか」

「え、ああ……」

「だったら、あなたらしく、己が道を邁進《まいしん》して下さい。それが海の男というものでしょ」

「なんだか調子狂うなあ」

「あなたの意気込みを解決する方法がひとつだけあります」

「意気込みを解決……？」

またぞろ何か妙なことを言い出すのではないかと、薙左の耳がピクンとなった。

「あなたが町年寄になることです」

「え……」

「ご存知のとおり、町年寄は町奉行が直々に差配する特権町人で、江戸の町の一切合切を任されております。江戸の総元締なのです」

おかよの言うとおり、町人でありながら〝官僚〟のような立場で権力がある。しかも、町年寄三家の筆頭が奈良屋。おかよの実家である。町政のことは当然のことながら、町奉行によって探索の手伝いをすることもある。その際、道路だの水路だのと縄張りを区切ることなく、一切を取り仕切る。

　だからこそ、薙左が町年寄になれば、その特権を生かして、江戸町人の安全を取り締まることができるというのだ。

「町年寄は町人だからといっても、苗字帯刀を許されております。事と次第では、御家人の薙左さんよりも強い力があるのでございますよ」

「…………」

「幸いというか、うちには跡取りがおりません。薙左さんが私の夫になって、奈良屋を継いでくれれば、こんな僥倖《ぎょうこう》はない。そうお父様も言っております」

「お、おい……」

　いきなり重苦しい話かよ……と薙左は思ったが、

「いいですね。私、決めましたから」

「決めたって。なあ、おかよ……この際だから、はっきり言っておくが、俺はね、俺にはそんな気はない」

「あなたになくとも、運命《さだめ》は神様が決めたものなのです」

「か、神様……大丈夫か、おまえ」

「あなたは船手番同心におさまっているようなお人ではありません。もっと大所高所に立って、世の中の物事を改める人です」

「待て待て。俺は水際で必死に生きる人々、ひとりひとりを助けるのが生き甲斐《がい》なのだ」

「ひとりひとり？」

「そうだ。大それたことなんぞ、俺の柄ではないし、第一、ひとりの人間を助けられなくて、大勢の人間を助けられるものか」

「おっしゃるとおり。さすがは薙左さん……お父様が見込んだだけのことはあります。もちろん私も、そういう薙左さんが大好きです。ひとりの人間を大切にする……」

おかよは潤んだ瞳でじっと見つめて、

「私ひとりを助けられなくて、大勢の江戸の町人なんぞ助けられなくてよ。では、早速、その人助けに参りましょう」

言いたいことだけを縷々《るる》と述べて、『讃岐屋』の暖簾をくぐった。

「なんだよ、もう……」

仕方なく店内について入ると、帳場にいた『讃岐屋』の主人・源右衛門《げんえもん》が年のせいか弱っている膝を必死に立てながら、おかよの姿を見るなり、すぐさま近づいてきて、

「これは、これは、奈良屋のお嬢様。此度は色々とお世話になりました」

町年寄から見舞いの言葉と、当座の金を町入用から届けられたのである。同業者組合が「互助会」のようなものを作っており、万が一、災害や火事などで商いができないようになれば、助け合うことになっている。今般も、『讃岐屋』は町年寄三家の地代や店賃なども扱っていることから、見舞いが出たのである。

「本当に大変でしたねえ。でも、怪我人が出なかっただけでも、儲けものです」

「はい。奉公人はご覧のとおり、二十人にも満ちませんが、みんな無事で、ほっとしております。しかし……」

源右衛門は深い溜息をつき、顔を皺だらけにして、

「三千両もの金を一遍になくしてしまうと、もう取り返しもつきません。ただの客ではなく、他ならぬ町年寄御三家の出納を預かる身としては、謝って済むことではありません。お武家ならば切腹しなければならないところですが、私のようなつま

らぬ商人《あきんど》が腹を切ったところで、一文の足しにもなりません」

「讃岐屋さん……」

「それを叱責するどころか、温かい励ましの声までかけて下さり、恥ずかしくて穴があったら入りたい気持ちです」

「そうガッカリなさらずに。取り返せば済む話です」

あっさり取り返すと言うおかよを、源右衛門は不思議そうに見やったが、当人は至って普通のことを言ったつもりで、

「この薙左さんがキッチリ片をつけてくれますから……ああ、このお方は、早乙女薙左様。船手奉行所同心で、いずれ奈良屋の当主になるお方です」

「奈良屋のご主人に!?」

恐れ入ったという顔つきになった源右衛門に、薙左は困ったように目尻を垂れて、

「あ、いや。おかよさん独特の洒落です。冗談です。気にしないで下さい」

「そう言えば、お嬢様は小さな頃から、おきゃんで、大人を相手に、ふざけてばかりいました。あはは、そうですか、冗談……さようでございましょうねえ」

源右衛門も納得したように手を打ったが、おかよは淡々としたもので、

「私は本気なのですよ、讃岐屋さん。いずれ、この店ともおつきあいせねばなりませんでしょうから、連れてきたのです」

「おい……」

薙左は本当に迷惑そうに眉間に皺を寄せたが、おかよは一向に気にする様子もなく、事件当夜のことを話させた。

誰かが手引きをしたのであろう。表戸も潜り戸もこじ開けられた痕跡はまったくないという。もちろん蔵の鍵も壊されてはおらず、ご丁寧に、盗んだ後には扉も鍵も閉められていた。だから、賊に入られたことなどまったく気づかず、町方が訪ねて来て、初めて分かったという。

「町方がここに調べに来て、盗まれたことを知ったというのですか」

怪訝《けげん》に尋ねる薙左に、源右衛門はそのとおりだと頷《うなず》いた。

「町方とは、南町定町廻りの伊藤俊之介さんのことですか」

「さようでございます」

「盗っ人が『讃岐屋』さんに入ったことを、伊藤さんはどうして分かったのですか」

「たまさか、町火消しの鳶の者たちが見たのです。その夜は風が強くて、火の用心の見廻りをしていたとかで」

「で、その町火消したちが、賊を追ったというわけか」

「はい。一方で自身番に報せに走り、町方も出張《でば》って来て、大捕物になりそうだったのですが、忽然と姿を消したのです」

「忽然と……」

「お聞き及びかもしれませんが、本湊町辺りでいなくなったので、伊藤様が探索をしているところです」

「伊藤様が調べているのなら、益々、俺は顔が出しづらいなあ」

おかよを振り向くと、少し強張《こわば》った顔で、

「情けないことを……いいですか、薙左さん。町年寄になったつもりで、讃岐屋さんを救ってあげてください。伊藤様が四の五の言うのでしたら、それこそ私のお父様が乗り出しますから」

「いや、俺はそういう権力や権威を笠に着るのはだな……」

「冗談じゃありませんよッ」

ビシッとおかよは厳しい顔になった。

「盗っ人は、御定法破りじゃないですか。つまりは世間に対する悪事です。その悪事を裁くのは、ご公儀の役目。法で定められた権力があるからこそできるのです」

「ま、そうかもしれぬが……」

薙左が場違いな所に来たと頭を掻くと、源右衛門はくすりと笑って、

「これは早乙女様が一本取られましたな。この調子で、尻に敷かれるのも、案外、よいものかもしれませんよ」

「まいったな……」

「では、早乙女様……三千両のこと、もう少し詳しくお話し致しましょう」

「え？」

「どうぞ、奥に」

手を差し伸べて薙左を案内する源右衛門の目には、穏やかな中にも厳しさが漂っていた。それを目の当たりにして、一瞬、怪訝に思った薙左を、おかよは端から承知しているように微笑み返した。

三

奥の座敷からは、小さな枯れ山水が設《しつら》えられた中庭が見え、縁側には何処からともなくメジロやホオジロなどの小鳥が飛んできていた。本当なら、長屋を組んで、店賃でも取ればよいのだろうが、仕事柄、身分のある人もくるので、見栄えよく池なども作ってあった。

「盗まれた三千両……実はほとんどが偽金なのです」

源右衛門は耳打ちするほど小さな声で、薙左に話した。

あまりにも唐突なことなので、薙左はしばらく茫然としていたが、おかよに背中を軽く叩かれて、まるで喉のつかえが落ちたかのように、

「偽金……どういうことですか」

と目を丸くして聞き返した。

「実は前々から、竜宮の辰蔵なる盗賊に狙われていると小耳に挟んでいたのです」

「盗賊に狙われると事前に分かっていたというのですか」

「いや、確信があるわけではなく、そう思われる節があったのです」

「というと?」

「盗みに入られる半月程前に……」

「辞めた奉公人がいるそうだな」

「ええ。岩作《がんさく》といいましてね、算盤《そろばん》の腕がいいので二年程前に雇っていたのですが、少々、酒癖が悪くて、店の他の者とは、あまりうまくつきあっていませんでした」

「岩作……そいつが、此度の盗みに関わっていると?」

「恐らく。と申しますのは、後で分かったことですが、うちの蔵の合い鍵を、鍵師に作らせていたのです。番頭に頼まれたと、鍵師には話したらしいのですが、まさか盗っ人一味とも思ってませんからね」

無念そうに洩らす源右衛門は、算盤上手なだけに、信頼していたようだった。酒には飲まれるものの、ふだんは真面目で、仕事も他の者の倍くらいの速さと緻密《ちみつ》さで処理していたという。

「しかし、その裏で……二年もの間、私たちを欺きつつ、合い鍵を作り、店の絵図面や奉公人の様子から家人のふだんの行い、私の仕事ぶりなどを克明に調べた上で、ここぞという日に盗みを働いたのです。もっとも……」

わずかに小馬鹿にしたように笑ってから、源右衛門はポンと膝を叩いて、

「岩作が手引きした盗賊も、まさかあの池の中に金を隠しているとは、思ってもみなかったのでしょうな」

「池の……？」

薙左は先程、何気なく眺めていた中庭に目を移した。水鳥も跳ねているような池に、千両小判が隠されているというのか。そこまで警戒する必要があるのかと訝ったが、

「お察しのとおり、早乙女様……私どもは両替商ですからね、まあ世間では金貸しとしか呼ばれませんが、まっとうにやっていても、あまりよい評判はありません」

「…………」

「盗賊でなくとも、機会があれば、盗んでやろうという輩もおります。どうせ、人の金を貸し借りさせただけで、その利子で稼いでいるのだから、上前をはねる賭場の胴元と似たようなものだとね」

「そんなことはなかろう」

「いいえ、世間とはそのようなものです。たまさか、代々、町年寄御三家と関わりがあるから、あまり陰口は叩かれませんが、腹の中ではそう思われているはずです」

「少々、穿《うが》った見方だと思うがな」

「ま、それも両替商という商売柄の性質《さが》だと思って下さい。ですが、人様の金を預かっているわけですから、盗まれたら大事です。しかも、いつぞやのように地震だの火事などがあれば、それこそ一夜にして、財を失いかねない」

「うむ……」

「だから、私たちは金を仕舞っておく所にこそ気を配るのでございます」

　自信をもって池の中に隠したと、源右衛門は繰り返した。池の中といっても、水の中ではない。掘った池底のさらに下に埋めこんでいるのである。千代田城でもそうだが、ふだん使う御用蔵と非常時用に分けてある。『讃岐屋』もその例に倣《なら》って、イザというときのものは池の底に隠していたのである。

「だが、讃岐屋……そのことなら、岩作も知っていたのではないか？」

「いいえ」

「知らなかった」

「はい。こう見えて、私も用心深い方でしてね、仕事のできる人を信頼はしても、店のすべての金の在処《ありか》までは、教えないことにしていたのです」

「念の入ったことですね」

「お陰で、賊は偽金を盗んでしまった。しかも、あっさりと盗み出したということは、これは岩作がやったという証です。そもそも、奴が土蔵にある千両箱を扱っていましたから。私はね……岩作が辞めたとき、なんだか嫌な予感がして、池に移しておいたのです」

「わざわざ偽金を蔵に置いたのは？」

「千両箱がなかったら、何をされるか分かりませんからね。居直って、刃物で脅されるかもしれない」

「ふむ……」

「それに、偽金といっても、本当に中身はただの鉄屑《てつくず》ですからね。開けてみたら、さぞや驚いているでしょうよ。でも、自分が押し入って盗んだら偽金だったとは、人様に言えないでしょう」

なかなかの策士だなと、薙左は思った。だが、まさに自衛のためである。責めることなどできまい。ただ、用心が深すぎることが、少し気になった。

——もしや、〃竜宮の辰蔵〃という盗賊に、心当たりがあるのではないか。

と勘繰りたくなるほどだった。

「その後、岩作の行方は分からないのですか。そいつの居所でもはっきりすれば、捕縛できるのですがね」

「残念ながら、私は知りません。ただ……」

「ただ？」

「岩作がよく会っていた人物ならば、知っております。しかも、人目を忍ぶように」

「ほう、何処の誰だい」

「両国橋東詰にある水茶屋の……お須万《すま》という女です」

両国橋の西詰が健全な繁華街なら、東詰は少し怪しい店も幾つか建ち並んでいた。岩作は店の用事で出た折や、店を終えてから、時々、通っていたという。たまさか、源右衛門が取引先との寄合の帰り、親しげにしている女を見かけたのである。

「両替商という仕事柄、水茶屋の女と馴染みになるのはよしなさいと常々言っていたので、後で問い詰めてみると、生き別れた妹だというのですよ」

「妹……」

「でも、そんな様子ではない。理無《わり》い仲としか見えないので、番頭に調べさせてみると、妹なんていうのは出鱈目で、何処の誰か素姓の分からない女でした」

「なるほど。その女もグルとあなたは睨んだのですね」

「その女なら、まだその水茶屋にいるようですよ。ええ、昨日、私はこの目で確かめましたからねえ。ああ、お届けいただきました金子は、後でお返しいたすつもりでおります」

これから先は、薙左が探索をしてくれという目で、源右衛門は見つめた。

実害はなかった源右衛門が、なぜ、そこまで捕縛に拘《こだわ》るのか……という思いが、薙左の脳裏を過《よ》ぎった。むろん、盗賊を捕らえなければ、他に被害が及んでしまう。それを危惧してのことであろうが、なんとなく違和感があった。

「ね、薙左さん。あなたの手柄にして、私の夫になるため、一歩でも近づいて下さいな。じゃ、よろしくね」

真面目なのかふざけているのか、何の屈託もなく笑うおかよを、薙左は本当に変な娘だなと思いながら見ていた。

四

江戸の海には常に、目黒川、入間川《いりあい》、渋谷川、宇田川、汐留川、隅田川、中川など様々な川や、三十三間堀、八丁堀、仙台堀などの堀から水が流れ出ている。いわゆる生活排水も混じっているが、そのお陰で湾内は魚の種類が多く、また質もよかった。

江戸地中には、玉川上水や神田上水から流れ込む井戸が網目のように広がっているのと同様に、下水も網羅されていた。側溝に蓋《ふた》をしただけの〝箱下水〟と、水道のように地中に設えた〝埋下水《うめげすい》〟があった。いずれも幅が一尺五寸程あって、町内の屋敷内や長屋を縦横に流れていた。

それら、下水のことを、「せせなげ」と呼んでいた。殊に、人家にある小さな溝のことを指すのだが、

——茶屋女　せせなげほどの　流れの身

と川柳にあるように、儚《はかな》い身の上を語っている。もっとも、吉原のお歯黒ドブのように穢《けが》れていない女という意味でもある。

両国橋東詰の水茶屋『彩《いろど》り』の茶屋女・お須万も、せせなげほどの不幸を背負っているようで、少し腫れぼったい瞼《まぶた》のせいか、どことなく寂しそうであった。

薙左は半日、その斜向《はすむ》かいにある蕎麦屋から、さりげなくお須万の様子を窺っていたが、特段、怪しげな様子はないいし、岩作や盗賊一味らしき人間と接した節もなかった。唯一、初老の大工らしき男が、お須万を〝名指し〟で席につかせただけだった。

表向きは、茶しか出してはならぬ店だが、日が翳《かげ》りはじめると、看板娘を目当てに来た客に酒を出すのは当然だった。

茶屋の裏手の掘割には、船手のひらた船を留めて、船頭の世之助が控えていた。そこで、浪人風の着流しに着替えてから、薙左は『彩り』まで戻り、ふりの客として入った。

表からは、中が見えないように格子戸をあしらい、店内の部屋も、お互いに客が顔を合わせないように、粋な屏風や衝立《ついたて》で仕切ってあった。最も奥の部屋からは、両国橋越しに江戸の町や隅田川が見渡せるのだが、薙左はそこへ通された。

呼んだわけではないのだが、お須万が茶と和三盆を運んできた。

「はじめまして、お須万と申します」

「俺は……早乙女……いや、佐藤和兵衛《さとうわへえ》という浪人者だ」

「あら、出鱈目な名前ですね。今、この茶菓子を見て、佐藤などと……ご浪人様とおっしゃいましたが、綺麗に月代《さかやき》を剃ってらっしゃるし、お召し物も品があって……役職がないとしても、どこぞの旗本の部屋住みでいらっしゃるのでは？」

気さくな雰囲気で、お須万が語りかけると、薙左は困ったように目を伏せた。

「根が正直なお方ですね」

「いや、そんなことはない……」

「ほら。正直がお顔に出てますよ。あまり、こういう店には、足をお運びにならないのですか？　いえね、あまり慣れてないような気がしましたので」

「そ、そうか？」

「大丈夫ですよ。本当のお名をおっしゃっても、この手の店の女は、軽々しく口に致しません。秘密を守るのは、大人同士の約束事ですから」

「あい、いや……隠している訳では……」

本当に困惑したような薙左の顔に、お須万は思わず、うふふと笑った。薙左はパクリと和三盆を食べて、ぐびっと茶をすすった。

「お酒も召し上がりますか？」

「いや。さほど強くないのでな、酒はいい。それより、話を聞かせてくれぬか」

「話？」

「うむ。お須万……さんと言ったかな。あなたこそ、素直そうな人なので、少しばかり安心をしました」

「私のこと……を？」

知っているのか勘繰ったようだが、お須万は口には出さず黙っていた。薙左の方は相手の雰囲気に安心したのか、素直に尋ねた。

「岩作という男を知っているかい」

ほんの一瞬だけ、お須万の眉根が上がったが、

「——岩作……はて、存じ上げませんが」

と答えた。

嘘をついていると薙左は思ったが、気づかぬふりをして淡々と続けた。

「そうか、知らぬか……」

「それが何か？」

「この店のことを教えてくれたのが岩作という男で、以前、『讃岐屋』という両替商に奉公していたのだがな……金を借りたまま返していないので、気になっていたのだ」

お須万はそのような男は知らないと言ったが、薙左は岩作の顔の特徴などを、源右衛門に聞いたままに話して、何度も聞き返した。

「しつこいねえ、ご浪人さん。あたしゃ、そういう人は嫌いでねえ」

俄に蓮っ葉《はすぱ》な態度に変わって、

「楽しむために店に来たんじゃないのなら、とっとと帰ってくれませんか」

「なんだ……知らないなら仕方ない。せっかく、いい話を持ってきたのだがな」

鎌を掛けるように薙左は言ったが、お須万は引っかかりそうになかった。妙な間があって、無言でいると、お須万の方から、

「さあさあ。もう帰って下さいな」

と強引に手を取った。

そのとき、衝立の向こう側から、

「袖にされちゃ、仕方ありやせんねえ、船手の旦那ア」

と声がかかった。

ひょっこりと顔を出したのは、天狗の弥七である。

「まさか、お勤めを休んでまで、こんな所で女遊びとは、ケケッ。いつも真面目な面《つら》をしてても、とどのつまりは……まあ、その若さだ。別に構やしやせんがね」

皮肉たっぷりな言い草で唇を歪めると、小馬鹿にしたように笑った。吃驚《びっくり》したのはお須万の方で、目を大きくして薙左を見やり、

「船手の旦那って……」

と訝しむのへ、弥七は十手を出して、

「この旦那も、お上の手の者。船手奉行所の立派な同心様なんだよ」

「…………」

「浪人などと偽って、旦那は一体、何を調べようとしてたんですか？　本当に茶屋女を口説《くど》きに来たとは思えやせんが」

弥七が尋ねると、お須万は不機嫌な顔になって、その場から立ち去ろうとした。途端、その手を弥七が摑み、

「こっちも、ちょっくら用があるんだよ」

「……なんですか」

萎縮《いしゅく》するお須万の肩を摑んで座らせると、

「早乙女の旦那。ちょいと外して貰えますかねえ。これは町方の探索なんで」

まるで人払いをするように言った。仕方なく、薙左は一旦立ち去らざるを得なかったが、探索という言葉に、お須万の方は急に顔が青ざめた。そして、私は何も知らないよと呟いた。

「まだ、一言も聞いちゃいねえぜ」

弥七は明らかに動揺をした目の前の茶屋女を、ギロリと意地悪そうな顔つきで、

「〝うじわか長屋〟の文吉って植木職人……知っているよな」

「文吉……」

「ああ。この店には何度か顔を出しているはずだ。おまえも酌をしたことがある」

「ですから……私は毎日、何人もの客を相手にしてますからねえ、一々、名前も顔

も覚えてなんかいませんよ」

「今日も来たじゃねえか」

「――今日も？」

「松兵衛がだよ……文吉とは同じ長屋に住んでいる大工で、このふたりは親子ほど年が離れているが、よほどウマが合うのか、何度もおまえを訪ねている。ああ、言い訳はいらねえよ。店の主人にも他の女たちにも、聞いたことだ」

「知りませんよ」

「おまえの顔は、もう語ってるんだよ。盗っ人の仲間だってな」

相手に口を割らせるのは、薙左よりも弥七の方が一枚上手だった。お須万は血の気《け》の引いた表情になりながらも、ふてぶてしい態度で、

「親分さん……誰にも何の咎めもないなら、ぜんぶ話したっていいよ。でも、みんなが獄門に晒されるのなら、このまま黙って、私ひとりで死ぬよ」

「ほう。相当の覚悟だな。それほど盗っ人仲間を庇いてえってことかい」

「女の意地ですよ」

「意地？」

「ええ。誰も私を助けちゃくれなかった……けれど、竜宮の辰蔵さんだけは、生きるか死ぬかの貧しい暮らしから救ってくれた。あんたら十手持ちは、何をしでかしたか、でしか人を見ない……心の中を、どういう思いで悪さをしてるか、見ようとはしないんだ」

弥七はニンマリと笑って、十手で帯をポンと叩いて、

「すっかり認めやがったな。後は番屋で、石でも抱いて貰おうか、なあ」

「好きにしな」

「言われるまでもねえ」

すぐさま弥七は、お須万を引き寄せて、乱暴に縄をかけながら、

「その涼しい面も、いつまで持つか、楽しみだぜ、へへ」

五

両国橋を渡って、南茅場町の大番屋まで連れて来られたお須万は、すでに待っていた伊藤の前に座らされたとき初めて、

——しまった……。

と思った。

南町の伊藤といえば情け容赦ない同心で、仮に無実の者でも、本当に石を抱かせたり、笞《むち》打ちにしたりするという悪評があるからである。前に一度だけ、〝けころ〟の真似事をしていたときに、捕まったことがある。〝けころ〟とは、チョンの間稼ぎの売春婦のことだ。

「誰かと思や、お須万姐《ねえ》さんではないか」

伊藤はわざとからかうような口調で言ってから、土間に座っている女を見下ろした。お須万は小さく頭を下げただけで、盗賊一味のことは何も話さないと唇をきりりと結んだ。

「あのまま泥沼に入ったと思ってたが、水茶屋の女になってるとは、出世したじゃないか」

「せせなげに戻っただけですよ」

「む？　せせなげ？」

「あんたらのように、ぬくぬくと暮らしてるお役人様には、見えないでしょうよ」

「穢水《けすい》が、どうした」

「ふん。だから、分からないってのさ。もしかしたら、さっきの船手の旦那の方が、しょっちゅう見てるかもしれないねえ……何しろ、毎日のように川や掘割を川船で見廻っているんだからねえ」

「船手……だと？」

その言葉に敏感な伊藤は、腹立たしげに溜息をつくや、お須万を見下ろして、

「奴らも、〝竜宮の辰蔵〟のことを調べてるのか」

「誰です、それは」

「今更、惚けるなよ。こっちはそれなりのことを調べてるんだ。ま、船手のことなんざ、この際、どうでもよい……なあ、お須万。弥七にも言われただろうが、辰蔵は何処の誰兵衛なんだ。おまえを贔屓《ひいき》にしている〝うじわか長屋〟の文吉か、それとも松兵衛か」

「………」

「知っていることを喋れば、悪いようにはせぬぞ」

「悪いようにせぬ、とは？」

「おまえだけは許してもいい。お咎めなしってことだ」

「そんなことされてもねえ……喋った途端に、御用。その上でお仕置きされるのは、目に見えてるじゃないさ」

お須万は鼻息を荒くして、そっぽを向いた。

「そう突っかかるな。せっかくの器量よしが台無しだぜ」

「獄門送りにしたい女に、お世辞を言って何になるんです。伊藤の旦那こそ、なかなか立派ないい殿方になったんじゃありませんか。南町にこの人ありって御仁ですから」

「この人あり?」

「ええ。こんな酷い奴はいない、ってね」

「ふん……どうでも獄門になりたいと見える。まあ、よかろう。おまえひとりじゃ寂しいだろうから、仲間も集めてはどうだ。閻魔様の前で、懺悔《ざんげ》の宴を開けるくらいにな」

「懺悔の宴とは、うまいことをおっしゃいますね。いっそのこと、旦那もご一緒にどうですか。袖の下くらいならなんですが、人に言えない悪さは掃いて捨てるほどなさっているのでしょう？」

「女……口が過ぎるぞ」

「あら、私の店からは隅田川がよく見渡せるんですがね。旦那が、流れてきた死体をそのまま足蹴にして、海の方に流したのを見たことがありますよ。面倒臭いから、船手奉行所の扱いにしたんでございましょう？」

「……知らぬな」

「どうせ、お上のすることは、そんな程度です。先程も言いましたが、あなたは〝せせなげ〟なんて見たこともないのでしょう。自分が流した汚いものに、目を向けることなぞしないんです」

「いい加減にせい」

伊藤が目配せをすると、番人たちが洗濯板のような鋭いギザギザのある板を敷き、重い石を抱えてきた。さすがに、お須万も息を呑んで見ていたが、伊藤はニタリと笑って、

「その減らず口がどれだけのものか、石を抱いても出るのかどうか、確かめる」

「………」

「たった一枚の石でも、おまえの膝に板が食い込み、計り知れぬ痛みが全身を襲う。二枚目の石を載せれば骨が砕け、血肉が溢れ、二度と立てぬ体になる。よしんば生きながらえたとしても、一生、芋虫のように這わねばならぬ」

ドスンと重い音がして、板と石が目の前に置かれた。お須万は負けじと、じっと凝視していると、血の滲みが見えた。以前に、誰かが、これによって拷問を受けたのであろう。

「どうする、お須万……」

「………」

大概の者なら、拷問の道具を見ただけで、震えるものだった。だが、お須万はよほどの覚悟ができているのか、

「どうせ獄門になるのならば、芋虫になってもいいですよ。閻魔様に喋る前に舌を抜かれるでしょうから、喋るに喋れません。地獄の底まで黙っている。そう言ったでしょ？」

「そうか……ならば、仕方がない。やれ」

冷たく言い放つ伊藤に従って、番人は洗濯板のような板の上に、お須万を何の躊《た》

躊《らい》もなく乗せた。自分の体重がかかるのだから、それだけで耐えられない鋭い痛みが走る。だが、お須万は唇を噛んだまま、苦痛の声を洩らさなかった。

「我慢をしてまで、盗っ人仲間を庇うのか」

「…………」

「どうだ。一切合切、話すというのなら、降ろしてやるぞ。それでも何も語らぬというのなら、本当に石を載せる」

この時点で、もう勘弁して下さいと泣き出すはずだが、お須万は覚悟の上に、体も犠牲にすると見える。

「そうか……ならば仕方があるまい。芋虫だろうと、ミミズだろうとなるがよい」

顎《あご》をしゃくると番人ふたりが石を抱えたものの、

——本当に載せてよいのか？

と、ためらうような目で、伊藤を見た。

「構わぬ。遠慮するな」

伊藤が強く命じたとき、ガラリと表戸が開いて、薙左が土間に入ってきた。

「待ちなさい。そのまま石を載せたら、あんたたちにこそ厳しい沙汰《さた》があるぞ。さあ、その女を拷問板から降ろしなさい」

「なんだ、貴様……」

険しい目になって、薙左をなじるように、

「船手の分際で、何をほざいておるか。ここは大番屋。船手が出る幕ではない」

「どこであろうと、イザというときになれば、船手は諸国天下御免。しかも、無実の者に石を抱かせるとは言語道断の所行にございます」

薙左は毅然と言い返した。

「無実……だと？」

「そうです。拷問を為《な》すときには、まずは疑わしき証を出さねばなりませぬ。闇雲に石を抱かされれば、やってないことでもやったと申します」

「貴様、下らぬことを……」

「話しても埒《らち》があきそうにありませぬな。御免」

言うなり薙左は、苦痛に顔を歪めているお須万の両脇を抱えて、土間の茣蓙《ござ》に降ろしてやった。勝手なことをするなと怒鳴りそうになった伊藤の機先を制するように、

「これが御定法に則《のっと》った拷問ならば、その理由を言って下さい」

「………」

「言えぬくらいなら、やらないことです」

「おのれ……どういうつもりだ」

壇上で立ち上がる伊藤を、薙左は鋭く睨みつけて、

「いい人が困って、悪い奴が得をする――そんなことにならぬようにするのが、役人の務めではありませぬか」

「！……この女が、いい人だと言うのか」

「まだ分からぬうちから拷問などするなと言ったまでです。それに、〝竜宮の辰蔵〟と名乗る盗賊……竜宮ならば海の中のこと、ここは一旦、船手に任せて貰いましょう」

縄で縛られたままのお須万に、薙左は「大丈夫か」と声をかけると、

「よろしいですね。私が預かります」

「そこまで言うならば、早乙女……そいつが無実であること、一両日で証を立ててみせろ。でなきゃ、船手のおまえたちが盗っ人の味方をしたとして、こっちも本気

で調べ、徹底して闘うぜ。町方はおまえたち船手をぶっ潰す」

「つまらないことを……」

「なんだと？」

「探索に縄張りなんかあってたまるもんですか。海を見て下さい、川を見て下さい。どこに境目がありますか……けれど、伊藤さんの面子《メンツ》もありましょう。必ず、一両日中に、事の真偽を明らかにしてみせますよ」

　薙左はそう断言すると、少し膝を痛めたお須万を庇うように大番屋を後にした。背中から、伊藤の歯ぎしりが追ってくるようだった。

六

　世之助が櫓を漕ぐ川船に乗せられて、お須万は船手奉行所に向かった。掘割から隅田川に出て、永代橋をゆっくりと潜ると、遥か遠くに富士山が輝いて見えた。夏だというのに、冠雪が残っていて、陽光を照り返しているようだった。

「——海から見ると、こうなんだ……」

お須万は思わず呟いて、富士山の方に手を合わせた。

「富士を拝んでるのか？」

薙左が訊くと、お須万はこくりと頷いて、

「私は甲州の生まれなんです。いつも裏側の富士を拝んでました。遠州や相州から見る眺めとは違うんですよ。でもね……裏から見るからこそ、分かることがある」

「裏から見るからこそ？」

「多分、船手の皆さんも同じなんでしょうねえ。海や川から見るからこそ、陸では見えないものが見える」

しみじみと言うお須万に、世之助はギシギシと櫓を漕ぎながら、

「あんた、まだ若いが色々と苦労をしたんだな」

と声をかけた。それには何も答えなかったが、目を細めてキラキラと光の跳ねる水面を眺めているお須万の横顔には、人に言えない悲しみや辛さが染みついているようだった。

「悪いことしちゃったねえ、早乙女の旦那……」

「え？」

「幾ら調べたところで、私は無実じゃないよ……あの伊藤の旦那に啖呵《たんか》を切ったのはいいけれど、旦那の負けだ」

「…………」

「どうするのさ……私は知らないよ」

「俺は、ただ本当のことを知りたいだけだ」

「本当のこと？」

「ああ。人は何か悪さするときは理由がある。あんたも大番屋で言ってただろう。そう思うんだ、俺も」

立ち聞きをしていたわけではないが、薙左としては、指をくわえて見てるわけにはいかなかったのである。

「悪さには理由が……そうかねえ……そうだねえ」

深く長い溜息をついてから、お須万は誰にともなく語りはじめた。

「早乙女の旦那は、〝竜宮の辰蔵〟が一体、誰なのか、目星がついてて探索をしてたのかい？……どうやら、その顔じゃ、まったく当てがなさそうだねえ」

「そういう訳ではない。『讃岐屋』の手代だった岩作が関わっている節はある」

「さあ……その人のことは知らないけれど……」

と庇うように言ってから、舳先の遠い先を眺めながら、

「実はねえ、旦那……〝竜宮の辰蔵〟って盗賊はひとりじゃないんだ」

「であろうな。一味は何人いるのだ」

「そうじゃないんですよう。ひとりじゃない。特定の誰かじゃないってことです」

「ひとりじゃない……」

「色々な人間があちこちで盗みを働いては、そう名乗っているだけだ」

盗っ人たちは、『拝借御免・竜宮の辰蔵』と一枚の書き置きを残してゆくのだが、誰とはなしにやり続けているのである。だから、町方が疑っている〝うじわか長屋〟のふたりも違うと、お須万は話した。

「つまり、何処の誰兵衛かは分からぬが、みんなが同じ〝通り名〟を使っているというわけか？」

「十人も二十人もいるわけじゃないけれど、お互いがみな顔を知っているわけでもない。そうさねえ……商家でいえば、寄合の名ってところかねえ」

「………」

「しかも、盗んだ金は、生まれながらにして貧しい人、働きたくても病で働けない人、親のない小さな子供なんかに、渡しているんだよ」

「そうなのか?」

「義賊を気取るわけじゃないけどさ。もし、〝竜宮の辰蔵〟の名で押し込みや殺しをしちまえば、ただの盗っ人に成り下がる、その名を使っている他の盗っ人仲間に、それこそ消されてしまうかもしれない。それが、盗っ人の仁義というものさね」

「仁義とは聞いて呆《あき》れるが、可哀想な人に恵んでいるのは本当のことなのか?」

「ああ、そうだよ……旦那だって、さっき言ったじゃないか。いい人が困って、悪い奴が得する世の中はだめだって」

「そりゃ、そうだが、盗みがいいとは思ってはいない」

「だったら、お上はどうなのさ」

「ん?」

「百姓からは年貢を搾り取る、町人からは冥加金だの沽券《こけん》がどうのと税として取り上げる。これが盗みでなくてなんだい。人から奪った金で、楽して遊んでいるだけじゃないか……もっとも、その金で貧乏人や病人をきちんと助けてくれるならいいさね。でも、どうだい。取るだけ取って、弱い人間たちゃ、ほったらかしだ。その上、ずる賢い連中だけが甘い汁を吸って、この世の春を楽しんでやがる。あんたら、与力や同心だって、人様の稼いだ金で暮らしているんじゃないか」

一気呵成《いっきかせい》に喋ったお須万の声は、少しばかり掠《かす》れていた。

「そうさね……金を身につけてないのは、将軍様と私のうちくらいだった気がする」

「………」

「将軍様は誰かが払ってくれるけれど、私らは……ねえ。だから、身売りでもするしかなかったんだ。親兄弟を助けるには」

薙左は急に胸が痛くなった。目の前のお須万は、おかよとさほど年は変わらない。片や何不自由なくのびのびと育ち、一方は生き地獄を歩いてきた。生まれた星の下が違うといえばそれまでだが、あまりにも違いすぎる暮らしぶりに、薙左は愕然《がくぜん》となるのだった。

「でも、誰も怨んじゃいないよ」

お須万はあっさりと言ってのけた。

「ただ、少しでも可哀想な人を助けたい。そういう思いで、金が有り余っている人から拝借したからって、何が悪いのかねえ」

「そりゃ悪いぜ」

今度は、世之助が艫から声をかけた。いつになく険しい目をしていた。

「盗んだ金の多寡じゃねえ。盗むという行いが悪いんだ……それに、いいことに使ったからといって、その罪が消えるわけでもねえ。あんたの道理が罷《まか》り通りゃ、貧乏人は金持ちの金を奪ってよいことになる」

黙ったまま、お須万は聞いていた。

「渇しても盗泉の水を飲まず。盗んだものだと知っていて飲んだら、同じ穴のムジナってんだ」

「世之助さん……」

振り返った薙左は静かに、

「斟酌の軽重ともいうではないですか。ただ贅沢をしたくて盗んだ者と、生きるがゆえにギリギリのところで盗んだ者とでは、背負わせる罪が違うと思いますが」

「それは、御定法を司るお奉行や幕府のお偉方が決めるこった。同心の旦那が斟酌を考えてばかりいたら、この世の中、どんな盗っ人だって、お縄にできやせんぜ」

「………」

「それに、こう言っちゃなんだが、俺はこの目で何十人ものズルい貧乏人も見てきた。貧しい者が善人で、富める者が悪いという薙左さんの物の見方も、世の中の真相とはずれていると思いますがねえ」

「では、どうすればいいんだい、世之助さん。一網打尽にふん縛って、刑場送りにすれば、それで済むのかい」

「そんなことは言ってやせん」

「だろう？　世の中が豊かになれば、誰もが食うに困らぬ世になれば、悪さをする人間は減るのではないでしょうか」

「あっしは……そうとも思えやせん」

「どうしてだい」

「悲しいことかもしれねえが、悪い奴は必ずいる。それが人の世というものです」

「ならば、世之助さん。そのときこそ、その悪人を捕らえりゃいいんじゃないかい？　まずは、世の中をよくすること……そっちが先のような気がします」

真顔で言う薙左に、世之助はプッと噴き出した。

「なんだ。何がおかしいんです」

「やっぱり、早乙女の旦那は、おかよさんに取り憑《つ》かれましたかねえ」

「ええ？」

「だって、奈良屋のあの娘さんはいつも、世の中をよくする。貧しい人、弱い人を助けることこそが、自分の務め……そう言ってやすからね」

「そ、そうではない。何だか知らぬが、あの娘がつきまとっているだけだ」

「とかなんとかいって、奉行所の仕事ではないのに、此度の讃岐屋の一件でも、躍起になって働いている。ま、悪いことじゃありやせんがね……あ、これ、図星だからって、揺らさないで下さいよ、船を。これ、これ」

世之助が櫓を握り締めると、お須万も思わず笑みを洩らした。

「お須万……どうして、俺に話をしたのだ。〝竜宮の辰蔵〟が盗みをする狙いをだ」

照れ隠しもあって、薙左はお須万に尋ねた。

「さあ、どうしてかしらねえ……助けてくれたのもあるけれど、初めて店に来たとき、旦那の純朴さに惹《ひ》かれたからかねえ。嘘をつけないと思った……この水面と同じかも……鏡のようで、自分が映るんだ」

さらに、お須万は隅田川に流れ込んでくる掘割の水を眺めながら、

「旦那……水道《すいと》の水も、汚いどぶ水も、同じ川に流れて同じ海に広がる。綺麗も汚いも一緒だ。けれど、綺麗なものしか見ない人もいりゃ、汚いことしか知らない者もいる。不思議ですねえ」

己の人生を穢水に喩《たと》えたお須万は、目の前に広がる海原に消えてゆきたい気分だったのかもしれない。そのホッとしたような顔を見ていた薙左は、ふと掘割にちょろちょろと出ている〝せせなげ〟の濁り水を見やって、

――もしや……。

と脳裏に小さな灯りがともった。確かな思いがあるわけでないが、今のお須万の話の中に、事件を解く鍵があるような気がした。

七

弥七が文吉を引っ張ろうと、〝うじわか長屋〟にやって来たのは、その夜のこと

であった。

「ご勘弁下さい、親分さん。うちの人に限って盗みなんて！　何かの間違いです！　親分さん、お願いです！」

必死に取りすがる女房のおみちを、弥七は足蹴にしてまで、文吉を連れて行こうとするにはわけがあった。神棚に祀《まつ》ってある天照大神のお札の裏に、小判が数枚、張り付けられてあったのである。

職人が小判を持つことは希《まれ》である。ましてや、文吉のような若造だ。隠しているのもおかしいと、弥七は思ったのだった。

「その小判は、祝言を挙げた折に、私の実家から持参したものです。さほど裕福ではありませんが、うちは商家です。何かあったときのために、父親が渡してくれたものです」

「だが、文吉は知らない金だと言ってるじゃねえか」

「ですから、何かあったときのためにと隠していたのです。そんなお金があると知ったら、文吉さんがまた……」

「また、なんでえ」

「………」

「言ってやろう。昔のように博打でもしねえかと心配なんだ。そうだろうが」

弥七は冷たく突き放すように、

「つまりは、てめえの亭主はろくでなしだと分かってるんだ。おまえも、こんな亭主なんぞを庇わず、実家に帰った方がいい」

「本当です、親分さん。実家で聞いて下さい。ぴったり小判の数も合うはずです」

「親ならば、娘の亭主を庇うために嘘だってつくだろうよ。でねえと、実の娘や自分の商売にも差し障るからな」

「ほ……本当なんです」

「ええい。しつこいぞ、どけい！」

しがみついてくるおみちを、さらに押し倒して木戸口から出ようとしたとき、

「親分さん。そんな無体なことはおよし下さいまし」

長屋の一室から出てきた松兵衛が声をかけた。

弥七は眉間に皺を寄せて振り返り、

「なんでえ。おまえも盗っ人の一味だってえのか、大工の松兵衛さんよ」

「…………」

「おまえと文吉が、ふたりして『彩り』っていう水茶屋の女に入れあげてるのは、先刻承知の助なんだよ」

えっと顔色が変わったおみちに、弥七は薄ら笑いを見せて、

「ほらな。亭主はおまえのことなんぞ、金蔓《かねづる》くらいにしか思ってなかったんだ。その当てが外れたんで、盗みに走ったのかもしれねえな」

「嘘です。そんなの出鱈目です」

「水茶屋の女も盗っ人一味。船手の方で取り調べているんだよ」

大袈裟に言った弥七を、恕めしそうに見上げた松兵衛の目には、激しい怒りすらあった。懸命に涙を堪《こら》えているおみちの手を取り、立ち上がらせると、汚れた着物を叩《はた》きながら、

「旦那……もう阿漕《あこぎ》な真似はよして下せえ。あっしは、認めますよ」

「ほう。てめえも一味ってことをかい」

「一味じゃありやせん。あっしこそが……〝竜宮の辰蔵〟でございやす」

そう言って、ギロリと弥七を睨みつけた。長屋の者たちには一度も見せたことの

ない、鋭い眼光だった。ほんのわずかの間、弥七は虚を衝かれたように口を開けていたが、

「な、なんだと……?」

「だから、その文吉は何の関わりもねえ。他の長屋の皆様方もな」

あまりにも堂々としているので、弥七はどう答えてよいか分からなかった。

「そうか……だったら、おまえも一緒にしょっ引く。それまでだ」

「文吉は関わりねえって言ってるでしょうが。水茶屋に遊びに行ったのは、俺が無理矢理誘ったまでのこと。正真正銘、この俺様が〝竜宮の辰蔵〟で、そいつは関わりねえよ」

松兵衛はすっかり肝が据わって、さあ縛ってくれと両手を合わせて差し出した。

「その代わり、文吉を解き放ってくれ。嘘だと思うなら、俺が『讃岐屋』を襲ったという確たる証を見せてやるよ」

「確たる証だと?」

「ああ。親分さんが……いや町奉行様でも納得できるものをお見せしやすよ」

ずっしりと重々しい言い草に、さしもの弥七も思わずギクリと首を竦《すく》めた。

その頃――。

暗渠の中を、黒い影がふたつ、蠟燭《ろうそく》灯りだけを頼りに歩いていた。

ぴちゃぴちゃと足音がする。

わずか四尺四方ばかりの隧道《ずいどう》で、所々は二尺ばかりになるから、這わなければ通ることができない。びしょびしょに濡れるのは構わないが、もし水位が上がれば、ふたりは溺れてしまう。

だが、それは心配には及ばない。船手奉行所の方で、この下水道に流れる水を迂回させているからだ。

老人のように腰を曲げた人影は、一歩一歩、踏みしめるように進んでいる。先導をしているのは世之助で、その後ろから、ゆっくりとついてきているのは薙左だった。

「濡れていて、藻で滑るから気をつけて下せえよ」

「ああ……しかし、たまらん臭いだな」

「穢水ですから、当たり前ですぜ。お須万は、自分がこのような所で暮らしてきたと思ってたんですね……井戸の水道とは、えらい違いだ」

「………」

「だが、〝竜宮の辰蔵〟とやらのお陰で、こんな汚い所から、少しはましな〝せせなげ〟に戻れたと喜んでやがる。なんとも健気《けなげ》じゃありやせんか」

「だな……」

「で、薙左さん。こんな所を歩いて、一体、何をしようってんで？」

薙左は三方に分岐している所に止まって、蠟燭をかざした。

「どっちが隅田川に流れ出るか、分かりますか？」

「そうですね……たしか右手のはずです」

折りたたんで懐に入れていた下水道の絵図面を、世之助は見てみた。

江戸の市中には、入間川、金杉川、宇田川、汐留川など様々な川に流れ出るように、下水道が張り巡らされている。

今歩いている、汐留川に続く下水道は、虎ノ門から外濠《そとぼり》、新橋あたりから、三十三間堀川と合流して、浜御殿の脇から海へ出る。すぐ近くには、築地川と呼ばれる水運と排水を兼ねた堀があって、明石町や船手奉行所のある鉄砲洲から海に出る。

そのような穢水の道は至る所にあるが、文吉が住んでいる〝うじわか長屋〟の傍らには、丁度、一間くらいの長さだけ地上に現れ、木蓋が被せられている。

「――そこから、賊は〝せせなげ〟に入って、千両箱を運んだのではないか……そう思ったんですよ。これくらいの幅や高さがあれば、なんとか人は通れるし、小舟か筏《いかだ》のようなものを水に浮かばせれば、千両箱でも運べるのではないかってね」

「ああ、なるほど……」

「町方の調べでは、賊が逃げた形跡などから、〝うじわか長屋〟の連中が関わっていると睨んだそうだが、文吉という奴が盗っ人かどうかはともかく、一味の仲間が、その長屋にいるのかもしれませんね」

薙左はそう話しながら、世之助の指示に従って、海に流れ出る方へ曲がった。

しばらく行くと、波音が聞こえてきた。海が近づいてきたことが分かる。満ち潮になれば、この下水道にも海水が溢れることになる。その先まで歩みを進めると、海に流れ出る少し前に、岩のような壁があって、さらに杭《くい》があった。

蠟燭を照らすと、その壁に沿うように千両箱が三つあり、杭にしっかりと綱で括りつけられてある。

「――あった……どうやら、これが『讃岐屋』から盗まれた千両箱のようだな」

薙左が溜息混じりに言ったとき、下水道の先が俄に明るくなった。ギシギシと櫓を漕ぐ音がして、近づいてきた提灯には「御用」と記されてあった。

「町方か……？」

世之助が先に出て行こうとすると、外から声がかかった。

「誰だ！　誰かいるのか！」

目を凝らして見ると、海上に現れたのは、鮫島の漕ぐ船で、乗っているのは町方の伊藤と弥七、それと松兵衛であった。

「俺だ、サメさん。世之助ですよ！」

声をかけると、鮫島はどうして薙左とふたりで、かような所にいるのだと不思議そうな顔をしていた。伊藤と弥七もまた、

――どうして分かったのだ。

と訝しげに、お互いの顔を見合わせていた。

八

南町奉行所の詮議所にて、吟味方与力によって、松兵衛が取り調べられたのは、その翌朝のことだった。

お白洲に座らされた松兵衛は、覚悟をしているのであろう。いや、むしろ爽やかな顔をしていた。

——自分は何ひとつ悪いことはしていない。

という自信すら溢れていた。

船手奉行所からは、鮫島と薙左が臨席することになった。かようなことは珍しいが、今般は〝せせなげ〟という船手が管轄する所も、事件と関わりがあったからである。上水が町方、下水が船手。いかにも、船手奉行所が吹き溜まりと呼ばれる所以《ゆえん》が分かる。

「さて、松兵衛……おまえが為したる所行、万死に値する。すべてを認めるか」

山本という吟味方与力が問い質《ただ》すと、松兵衛は朗らかな笑みさえ浮かべて、

「おっしゃるとおりでございます」

「では、両替商『讃岐屋』から盗みし三千両、そっくりそのまま〝せせなげ〟に隠していたのは、おまえなのだな」

「そうでございます」

「しかし、千両箱は子供ひとりくらいの重さになる。到底、ひとりの仕業とは思えぬ。他に仲間がいたはず。すべての者の名を正直に言えば、罪一等減じてもよい」

「私ひとりで為したことです。そのために、地中の〝せせなげ〟を利用したのです。両替商の近くにも、木蓋だけを被せられている下水道があります。そこに予《あらかじ》め、筏を置いておき、盗み出した千両箱を載せたのです。後は、流れのまま、私の住んでいる長屋まで流れます。むろん、長屋の下水道には、筏がその先に行かぬよう、流れ止めを設えてありますから、引っかかるようになっています」

「…………」

「そして、翌日、手元に少しばかりの金を取って、後はその先に流します。水路が複雑に入り組んでいるので、自分が暗渠に入って押し流し……昨日、伊藤様たちを案内した所まで運び、置いておきました。あそこならば、誰も見に来ることはありません」

「長屋の下の下水道に置いていなかったわけは」

「あそこは、長屋の者が月に一度、溝浚《どぶさら》いをしますからね。丁度、数日後がその日だったので、いつでも海に運び出せる所へ隠していたまでです」

松兵衛は処刑される覚悟を決めているから、手口については淡々と語った。

「だが……」

横合いから、伊藤が口を挟んだ。

「同じ長屋の文吉も、数枚の小判を隠し持っていた。おまえと一緒に盗んだものではないのか？　下手に庇い立てすると、タメにならぬぞ」

「かみさんのおみちさんが言うように、実家から貰っていたものでしょう」

「あくまでも庇う気か」

「本当に私がひとりでやったことです」

「だがな、松兵衛……小判に何処の誰兵衛のものだという名は書いてないのだ。おまえが文吉は関わりはないと言っても、分不相応な小判がある限り、言い訳にしか聞こえぬ」

伊藤はニンマリと笑って、おみちの実家に問い合わせたが、すでに父親は亡くなっており、奉公人が跡を継いでいたものの、嫁入りのときの小判のことは知らぬと言っていると述べた。

それを黙って聞いていた薙左が、与力に発言の許しを得てから、

「伊藤様。あなたがご懸念の小判……実は名がついているのです」

「なんだと……?」

「両替商『讃岐屋』から盗まれし小判は、実は、偽金だったのです。盗賊除けのために、主人の源右衛門が予め作っておいていたものです」

「!?――」

「もちろん、使うための偽金ではありません。あくまでも、盗賊に入られたときの〝目眩まし〟に過ぎません。ですから、文吉の小判は盗んだものではない」

「そうなのか?」

山本が吟味方与力らしい誠実な目を向けると、薙左は毅然と頷いた。

「そのことは『讃岐屋』を改めて呼んで調べればよい話です……しかし、このことは、既に町年寄の奈良屋市右衛門が確かめていることでございます」

「奈良屋……」

与力とはいえ、町奉行の補佐役である特権商人の町年寄の言動を無視はできない。訪ねて調べることはあっても、お白洲に呼んでまで確認することはあるまい。

「では、松兵衛とやら……」

お白洲の咎人に目を戻した山本は、冷静な顔つきで、

「本当におまえがひとりでやったと言うのだな」

「はい」

さらに覚悟を決めて、松兵衛が背筋を伸ばしたとき、吟味方の同心が来て、

「大変でございます、山本様」

「何だ」

「奉行所の門前に、『我こそが〝竜宮の辰蔵〟だ』と名乗る者が集まってきております。しかも半端な数ではありません。おそらく百人は超えているかと」

「ひゃ、百人……!?」

「はい。まるで打ち壊しか一揆のような勢いです。俺をお縄にしろ、悪いのは俺だ、松兵衛という者ではない、と」

「ど、どういうことだ……」

すぐさま表門まで駆けつけると、浪人風や商人風、職人風から町娘や芸者風の女まで、実に様々な老若男女が怒濤《どとう》の勢いで押し寄せていた。まるで人の津波である。同心や町方中間らが門内に入らぬよう阻止していたが、集まっている者たちも乱暴を働く意図はなさそうだ。ただ、声だけは大きく荒らげて、松兵衛を〝竜宮の辰蔵〟として処刑したときは、江戸中の商家を打ち壊すなどと物騒なことを口走っている者もいた。

集まった者たちの抗議は半刻余りも続き、武装してきた役人たちと一触即発の雰囲気に盛り上がってきた。その様子を見ていた伊藤は、沸々と怒りが起こってきたのか、

「貴様ら……そんなに捕縛して欲しければ、みな同罪だ！　盗賊一党として、処刑してやってもよいのだぞ！」

と怒鳴ると、騒ぎが収まるどころか、益々、激昂《げっこう》して立ち向かってくる者が多かった。おっと身を引いた伊藤は、思わず腰の刀に手をかけたが、その手を薙左が押さえた。

「――これが、今の世の中なのです」

「放せ、若造」

「不満だらけなのです。この人たちの顔を見て下さい。お上の施策に不満がある。貧しい人がさらに貧しく、弱い者が世の中の隅っこに追いやられる……そんな暮らしがもう耐えられないギリギリのところにきているんですよ」

「そんなこと船手のおまえに何の関わりがあるッ」

「ありますよ。世の中のことはすべて私に関わりがある。船手とか町方の話ではありません。少なくとも、我々役人よりも〝竜宮の辰蔵〟の方が、この人たちを救ったということを認めなければなりません」

「利いた風な口をきくな」

「伊藤様！」

「黙れ。こやつらはどうせ、辰蔵から金を恵んで貰っているだけの、烏合《うごう》の衆だ！人から貰うことしか考えぬ愚か者たちの集まりだ、バカモノ！」

「いいから、どいて下さいッ」

グイと伊藤を押しやった薙左は、集まった人々の前に出た。このままでは、伊藤も殺されるかもしれないと判断したからだ。

「〝竜宮の辰蔵〟の言い分を聞きましょう。我こそは〝竜宮の辰蔵〟だという者は、船手奉行所まで参られい」

と薙左は大きな声を発した。人々の間では、なぜ船手だという声があちこちから洩れたが、薙左は声の限りに続けた。

「あなた方が盗賊だと言うのなら、そうでない証を船手で立てたいからだ」

「なんだと！　どういうことだ！」

荒々しい声が押し上がってくるが、薙左は毅然と手を広げて、

「本当の〝竜宮の辰蔵〟を、船手が捕らえているのだ！　江戸を荒らしていた本当の〝竜宮の辰蔵〟は船手奉行所にいる。ゆえに、我こそは辰蔵の手下だという者は直ちに、鉄砲洲の船手奉行所まで参られい！　ひとりひとり、じっくり調べる！いいか、ひとりひとりだぞ！　間違いがあってはならないから、これだけいれば、百日はかかる。よいな！」

と堂々と言った。

集まった人々は薙左の言葉を半信半疑で聞いていたが、まだ承服できないという

顔で、奉行所の周りをうろついていた。

すると——。

羽織姿の奈良屋市右衛門がぶらりと歩いてきて、

「婿殿の言うとおりだ」

「む……婿殿？」

薙左の方がガクッとつんのめりそうになったが、町人たちは町年寄・奈良屋の顔をよく知っていて、恐縮したように引き下がった。

「早乙女薙左様の言うとおり、松兵衛は〃竜宮の辰蔵〃でも何でもない。盗みもしていない。いや、盗みはしたが所詮は偽金。誰も何も被害に遭っていないから、解き放つよう、お奉行直々に話し合いにきた」

と町人たちに向かって市右衛門が言うと、誰もが、

「町年寄様の言うことなら間違いない。お任せするしかない」

そう納得しながら、騒ぎは静まった。

奉行所に捕らえられた松兵衛が偽の〃竜宮の辰蔵〃ならば、これ以上、騒ぐまでもあるまいと三々五々、立ち去り、中には船手奉行所に向かう者もいた。ひとりひ

とり調べるとなると、何日もかかるから、結局、誰も来なかった。

それにしても、〝竜宮の辰蔵〟のことを、これだけ庶民が慕っていることを、薙左は改めて知った。が、気になることがあった。

両替商『讃岐屋』にいた岩作のことだ。姿を消したまま、杳《よう》として行方は知れない。だが、松兵衛やお須万と関わりあることだけは確かであろう。

薙左とて、盗みが正しいという気持ちはさらさらない。お須万は、〝竜宮の辰蔵〟と名乗る者が何人もいると話したが、それが真実かどうかも、まだ判然とはしていない。

いずれ、思わぬところから、〝竜宮の辰蔵〟の正体が明らかにされるのだが、このとき薙左は、まだ何も知らなかった。

第四話　風の舟唄

一

数日前に浅間山が噴火したとのことで、遠く離れた江戸にも、うっすらと雪のような灰が屋根や道を覆っていた。

ここ深川の掘割にも、筏のように灰が張り巡らされ、行き来する川船の航跡がくっきりと残るほどだった。今日はどんよりと曇っているから、余計に薄暗く感じるのだが、風情のある木遣《きや》りの声などで、ようやく元気が取り戻されていた。

先般の地震といい、津波といい、火山の噴火といい、江戸に限らず、天保年間になってから天災飢饉が増えている。諸国では作物が育たないために、百姓の一揆に及んだり、宿場町や村でも打ち壊しなどが続いていたがため、幕府はお互いが対岸の火事と思わず、助け合うことを奨励していた。

深川は明暦三年の大火、いわゆる振袖火事の後、江戸の材木置き場をこの界隈に集めたがために、花街が広がった。富ヶ岡八幡宮や金剛神院永代寺などの門前町ゆえ、参拝客らの精進落としの場としても栄えた。

中でも、深川七場所と呼ばれた仲町、新地、櫓下、石場、佃町、土橋、裾継がよく知られているが、埋立地が広がるにつれて、悪所と呼ばれる岡場所も増えた。

岡場所は必ず、水辺にあった。深川に限らず、芝浦、高輪、品川、大森など江戸の海を望む所にひっそりとあったのである。羽振りのよい芸者衆が通る弦歌賑やかな花街とは違い、うらぶれて寂しげな町並みであった。

夜になれば、ぽっと蛍《ほたる》のような灯りがともり、幾ばくかは人の息づかいが聞こえるような気がしたが、いかにも儚げで、波音が切なく聞こえた。

後の明治時代になって吉原と二分する繁華な遊郭となる洲崎は、葦原《あしはら》が残る寂しい所であった。その一角に、『雪螢《ゆきほたる》』と呼ばれる遊女だけが暮らす小さな町が、ひっそりとある。いかにも憐《あわ》れそうな名で、周囲は三間幅の掘割で囲まれ、番小屋に見張りもおり、遊女は逃げ出せないようになっていた。町への出入りは、たった一本の小さな橋だけでしかできない。まさに籠《かご》の鳥である。

——チリン、チリン。

鐘の音がして、ギシギシと櫓を漕ぐ音がする。

小さい体ながら巧みに櫓を操って、平らな川船を漕いでいるのは、十一歳になったばかりの兼吉《けんきち》だった。

まだ子供なのに、肩や腕には大人顔負けの筋肉がついており、しっかりと揺れる船の上で踏ん張っている。丸っこい愛嬌のある顔で、朗々と船頭歌を歌っていた。

——えんやあ、とっと、えーやれや、えんやーとっと、えーやれや。本所深川来てみてござれ。八幡様の笛太鼓、母《かあ》ちゃんめでて、父《とと》めでて、やや子と一緒に、えんやれや、よいとこらせ〜。

甲高《かんだか》いが透き通った女のような声で、コブシもある。降り積もった火山灰を吹き飛ばすような爽やかさがあった。

——えんやあ、とっと、えーやれや。いい娘《こ》おらんか、見てみてござれ。雪に蛍が舞うように、姉《ねえ》ちゃんめでて、殿めでて、棹の上にて、えんやれや、よいとこらせ〜。

船の舳先には、薄汚れたような茶色の柴犬が、まるで船頭のように乗っており、船の行く手を指図しているように見える。兼吉の歌に合わせて、わおおん、わおおん、と相の手を打っているかのようだった。

座っていると分からないが、立ち上がると、その犬は後ろ足が一本ない。足首が欠けているのだ。拾ってきたときから、そうだったという。

櫓を漕ぎながら、水路の右岸左岸を見ながら、兼吉は鐘を鳴らしていた。

——チリン、チリリン。

すると、その鐘の音を聞いて、目の前の水際にずらりと建ち並んでいる家屋から、次々と人々が顔を出す。そして、色々な軽やかな声が返ってくる。

「今日はいつもより名調子だねえ」

「風邪は治ったのかい?」

「おっ母さんの具合はよくなったかね」

「大根のいいのをおくれ」

「白魚あるかい。イキのよいのを笊《ざる》一杯おくれ」

「糠《ぬか》が切れちゃったんだよ」

「こっちは油と炭を分けておくれ」

「コロちゃん、こっちが先だよ。鼻紙が足らなくなったよう」

兼吉はそれぞれに、あいよッと気合いの入った声で返事をして、窓辺の下に船を近づけたり、掘割の道に寄せたりしながら、手際よく品物を売りさばいているのだ。

よろず船という川船の行商である。

いわゆる日用雑貨を揃《そろ》えて、忙しい人が手軽に買えるように、玄関先ならぬ窓辺まで出向く商いだ。中には、小腹が空《す》いて、握り飯や茶などを欲しがる大工や左官などの職人もいる。古着や貸本など何でも揃えているし、病身の母親の面倒を見ながら、健気に働いているから、兼吉は重宝がられていた。

兼吉の長屋のある大島町から永代橋をくぐり、仙台堀を木場の要橋あたりまで来て、ジグザグに小さな掘割を縫うようにして廻り、家に戻るのである。子供の力で漕ぐだけでも大変なのに、

「もう慣れっこになった」

と笑顔であっさり言うから、ますます可愛がられるのである。

お客が金をくれるたびに、舳先に乗っている柴犬のコロが、「わおーん！」と喉を見せて吠える。それが、ありがとうと聞こえるから不思議だった。時々、餌《えさ》をくれる人がいるから、コロも場所をよく覚えていて、〝馴染み〟の人の近くに来ると、

「わんわん、わわん」

と嬉々《きき》として尻尾《しっぽ》を振るのである。

その窓の下に来たとき、コロはいつものように軽快に吠えた。だが、開け放たれたままの窓からは、しばらく遊女は顔を出さなかった。

ここは——『雪螢』のさらに奥まった一角にある女郎部屋である。

潮の香りと木の香りが入り混じって、不思議な匂いが漂っている所だった。

町をぐるりと囲んでいる掘割を、一巡りするのが毎日の慣わしで、殊に北の外れにあるこの部屋には、おきん、という名の遊女が暮らしていた。御飯を食べるのも、客も取るのも、すべてこの部屋だった。

「わんわん、わんわん」

しきりにコロは声をかけている。窓の中にいることを知っているようだ。匂いで分かるのであろう。案の定、しばらくして、おきんが顔を出した。

月のような丸顔で、にっこりと微笑むと目尻が垂れ、何とも言えぬ愛嬌があった。決して器量よしではないが、物腰が柔らかいのと、張りのある白い肌が人気で、日に五人も六人もの男を相手にするという。

まだ子供の兼吉は、大人の男と女のことは知らないが、何とはなしに雰囲気は感じ取っていた。人が見てはならない行いが、目の上にある小さな窓の奥で為されているのだと、感じていたのだ。

近所に住む年上の男の子から、あぶな絵を見せて貰ったり、艶話を聞かされたりしていたから、頭の中だけのことではあるが、遊女がどういうことをしているかも承知していた。それでも、兼吉は遊女が穢れているとは感じておらず、

――大変なお務めをしているのだなあ。

と漠然と思っていた。

辛い仕事をしながらも、おきんという岡場所女郎は、いつもお日様のように笑って、兼吉の舟唄を褒めてくれる。

だが、今日は風邪でもこじらせたのか、少し声が上擦《うわず》っており、顔色もよくなかった。髪も、ばい髷に結って笄《こうがい》に巻いているだけである。兼吉は川船から見上げながら、西日に照らされているおきんに声をかけた。

「姉ちゃん、大丈夫かい？　疲れてるようだけどさあ」

ひとりっ子の兼吉は、おきんのことを実の姉のように慕っているから、「姉ちゃん」と呼んでいた。おきんの方も身内がいないせいか、兼吉のことを、「兼吉ちゃん」と親しみを込めて声をかけていた。

「大丈夫だよ……近頃は、夏だか冬だか分からないような天気だったからねえ……ちょいと風邪を引いて横になってたんだよ」

「だったら、生姜汁《しょうが》でも飲んだらいい。今、持ってるから」

「ありがとうね」

おきんはそう言うと、窓の縁から、紐に繋いだ深めの籠をそろりそろりと下ろした。下で受け取った兼吉は、小さな壺に入っている生姜汁を載せた。引き上げながら、おきんは尋ねた。

「お代はいくらだい？」

「いいよ。風邪なんだから、それより早く治しておくれよ」

「優しいね、いつも。兼吉ちゃんは」

そう言って、おきんは籠に紙で包んだ小粒を入れ、そのまま下に垂らした。兼吉は口を尖《とが》らせて、

「いらないって言ってるのに」

「さあ、いいから取っときなさい」

少し強めにおきんが言った途端、窓の奥から、

「まだ、そんなことやってやがんのか、このアマ！」

と大声で怒鳴る声が聞こえた。すぐさま、コロがわんわんと激しく吠えはじめた。

窓枠から、いかつい顔の男が堀を覗《のぞ》き込んで、「とっとと行け」と乱暴な仕草で籠を引き上げようとした。おきんが早く持って行きなさいと慌てたように言ったので、兼吉はとっさに紙包みを取った。

するすると籠が家の板塀沿いに上がった。おきんは男に後ろ襟を摑まれて、部屋の奥に消えた。そして、男は恐い目つきで、兼吉を怒鳴りつけた。

「てめえ。何度、言わせりゃ分かるんだ。この堀に入ってくるなと言っただろうが。女郎が買い物するのも御法度なんだ。分かったら二度と来るな。今度、見かけたら、只《ただ》じゃ済ませねえぞ、こら」

子供を恫喝してどうするのだと、掘割沿いの道から見ていた行商人や職人もいたが、『雪螢』の牛太郎《ぎゅうたろう》、つまり岡場所の番人の男たちは、恐いとの悪評ばかりだったから、誰も注意はしなかった。

コロだけが激しく吠え立てていた。

「うるせえ！　とっとと行きやがれ！」

怒鳴りつけて障子窓をバシッと閉めると、その奥で、おきんの悲鳴が聞こえた。

「姉ちゃん……」

どうすることもできなくて、兼吉は今、摑んだばかりの紙に包まれた小粒を、ぎゅうっと握り締めていた。

二

薙左のところに、兼吉が駆けつけて来たのは、その日、暮れてからだった。

丁度、鉄砲洲は船手奉行所前にある桟橋の船杭に、猪牙舟《ちょきぶね》や艀を留めていたとき、猛烈な勢いで櫓を漕いでくる兼吉の姿が、海沿いに並ぶ灯籠の灯りに浮かんだのである。

「旦那ア！　薙左の旦那ア！」

声が裏返るほど、必死に叫んでいる。

何事かと薙左は振り返ったが、遠目にもその必死さが分かる。事故でもあったのかと、薙左は心配しながら、兼吉の船が近づくのを待っていた。

いる。犬にも好き嫌いがあるようで、コロは薙左にはいつも飛びつかんばかりの喜びを表現していた。

　しかし、今日の様子は少し違う。不安げに吠えているのだ。

「薙左の旦那。こ、これを！」

　艫綱をろくに結びつけもせず、桟橋に降り立った兼吉は薙左に駆け寄るなり、一枚の紙を見せた。薙左は波に浚《さら》われそうになる川船を鉤棒《かぎぼう》で引き寄せながら、

「こら、兼吉。船をきちんと結ばないで何とする」

「それどころじゃないんだ」

「おまえの大切な荷物も一緒に流れ、ひいては他の船にも迷惑がかかる。そんなことを知らぬおまえじゃあるまい」

「いいから、これを！」

　余りにも切羽詰まった兼吉の表情に驚きつつも、薙左は艫綱をしっかりと船留め杭に括りつけてから、差し出された紙を見た。

　そこには、『たすけて』と走り書きで墨書してあるだけであった。

「なんだ、これは？」

　薙左が問い返すまでもなく、兼吉は必死に縋るように話した。

「おいらが、いつものように『雪螢』に行って、姉ちゃん……おきん姉ちゃんから、籠で受け取ったんだ。金を包んでた紙で、風邪をひいてたみたいで、生姜汁なんだから、金はいいって言ったのに、こんな大金……に、二朱もある」

　要領を得ない喋り方だったが、奉行所の中まで連れて来て茶を飲ませ、気持ちを落ち着かせると、兼吉は整理をして話した。

「つまり、こういうことだな。おきんという遊女が、遊郭の男に苛められていた。そして、顔見知りのおまえを通じて、誰かに助けて欲しいと頼んだ……そういうことか」

「そ、そうだ。長屋の大家さん、自身番や橋番の人に頼んだけれど、誰も相手にしてくれない。関わっちゃいけない。そもそも、あの掘割に入ってもいけないと言われるだけで」

「ふむ……」

「大人たちは、みんな関わりを避けてるんだ。そりゃ、俺だって何となく分かる。

『雪螢』がどんな町で、おきん姉ちゃんが何をしているかも。だからって、あんな酷い目や恐い目にあっていいのかい？　助けて欲しいって、口に出して言えないくらい恐いんだ」

「…………」

「おいらも、お父っつぁんが借金まみれになって、どっかの恐い兄さんに脅されたことがあるから、よく分かる。それより、ずっとずっと恐いんだ、おきん姉ちゃんは。だから、助けて貰いたくて、こんな大金」

二朱は一両の八分の一に相当するから、子供には大金だが、人助けを頼むほどの大金でもない。おそらく手元にあった二朱銀を、紙の重し代わりに包んだのであろう。それほど危機に瀕していたとも考えられる。

「なあ、薙左の旦那。助けてあげてくれよ。おきん姉ちゃん、俺に色々なこと話してくれるし、舟唄を一番褒めてくれるんだ。ときどき、優しい声で歌ってもくれる。おっ母さんが病気だからって、気付け薬をくれたこともあるんだ。優しいお姉ちゃんなんだ。本当のお姉ちゃんだと思ってるんだ」

のべつ幕なしに訴える兼吉を可哀想だとは思ったが、薙左とて遊郭の中まで押し入って、遊女を助け出すわけにはいかない。寺社奉行支配のかの地は、町名主として、銀兵衛という、ならず者同然の男が仕切っていた。

「あのな、兼吉……おまえの気持ちはよく分かるが、これは大人の渡世の話なんだ」

「なんだよ、それ」

「おまえも、もっと大きくなれば分かる。世の中ってのは、何もかもが思い通りにはならないいんだよ」

「だったら、助けなくていいのかよ」

「いや、そうではなくて……」

「姉ちゃんが助けてくれって、こんなものを寄越したんだから、よっぽどのことだ。でも、大人は誰も相手にしない。おいら、聞いたんだ。男に叩かれている音を。でも、姉ちゃん、泣きもせずに我慢して……泣いたら、もっと酷い目に遭うからなんだ、きっと」

　兼吉も幼い頃、父親から虐待を受けていたと聞いたことがある。いつも笑顔で優しかった薙左の父親とは違って、自分が気にくわないことがあると、相手が子供だろうが女だろうが、目に余るような暴行を働いたらしい。

顔や体に痣だらけの日々が続いたが、近所の人も初めは注意をしていたが、それで喧嘩沙汰になるので、兼吉はそのうち誰にも助けを求めなくなった。自分が我慢していれば、母親もいじめられなくて済む。そう考えるようになったのであろう。

しかし、博打や女遊びにうつつをぬかしていた父親は、そのうち借金を重ねて、とうとう姿を消してしまった。元々は、川越と江戸を結ぶ猪牙舟の船乗りだったというが、どうして自堕落な暮らしを始めたのかは、まったくの謎だった。

それにしても、父親がいなくなって、ほっとした兼吉だったが、よろず船で一緒に掘割巡りの行商をしていた母親も、先年の流行病に罹《かか》ってから、家で寝ていることが多くなった。だから、兼吉はひとりでても頑張ると働いていたのだが、おきんはその励ましのひとつだった。コロもよく懐いていた。

「よう。助けてくれよ、薙左の旦那……同じ水の上で働く者同士じゃないか。おいら、薙左の旦那だけが頼りなんだ……兄《あん》ちゃんだと思ってるんだ」

「俺も、おまえのことを、弟みたいに思ってるよ。だからこそ、あんな町と関わるのはよしな。他の人もそう言っただろう？」

「………」

「分かってくれるな。もう『雪螢』の堀に行っちゃだめだ。それに、明日になれば、またおきんは、何事もなかったように働いているさ。ああいう仕事だから、時に辛くなって逃げ出したくなることもあるだろう。おまえに愚痴のひとつでも言いたかっただけじゃないかな」

優しく薙左は話したつもりだが、兼吉の顔は悲しみを帯びて、険しくなっていくばかりであった。そして、まるで堪忍袋の緒が切れたように、

「そうかい、そうかい！　薙左の旦那もみんなと同じだ！」

「おいおい……」

「ふだん言ってることと、やることが大違いじゃねえかよッ。何が人の絆《きずな》を大切にだ。海や川の男は、正々堂々と生きろだ！　みんな嘘っぱちじゃねえか。あんたも逃げたいだけなんだッ。遊女屋の男たちが恐いだけなんだ。よく分かったよ！」

兼吉は腹立たしげに地団駄を踏むと、踵《きびす》を返して、桟橋まで駆け戻った。自分の川船に飛び乗るなり、艫綱を持っていた刃物で切り裂くように外し、櫓を掴んで漕

ぎはじめた。手慣れたもので、すうっと桟橋から離れるや、あっという間に沖へ出た。

むろん波打ち際に近いところを隅田川の方へ戻るつもりだろうが、

「おい。そんな漕ぎ方だと倒れるぞ。気をつけろ」

と薙左は声をかけたが、振り返る様子もなかった。

しだいに灯籠の灯りも届かぬ所へと、兼吉の姿は消えた。

大丈夫かと心配になって後を追おうとしたが、背中から呼ばれた。船頭の世之助の声である。振り返ると、船手奉行の戸田泰全、与力の加治周次郎と同心の鮫島拓兵衛らが打ち揃っていた。

今宵は、いまだきちんと解決をしていない〝竜宮の辰蔵〟の正体と行方について、探索の評定を行うのだ。

先般、自分が辰蔵だと申し出てきた〝うじわか長屋〟の松兵衛については、両替商『讃岐屋』の偽小判を盗んだことはたしかだが、それ以前の余罪については、まったく当てはまらない。文吉夫婦を庇うがために、お恐れながらと出てきたまでで、真相には程遠かった。

かといって、水茶屋の女のお須万も、見張りや逃げ道の確保などで協力はしていたものの、〝竜宮の辰蔵〟が誰かということまでは知らず、松兵衛との関わりについては、店の女と客のそれでしかなかった。

ゆえに、未だに行方不明の『讃岐屋』の奉公人だった岩作が気になる。船手でも、もちろん町方でも、この岩作の素性と、何処へ消えたかを探索し続けていた。

「どうした、薙左」

戸田が、沖ばかり気にする薙左に問いかけたが、

「あ、いえ。何でもありません。顔見知りの子供船頭が来てまして……」

詳細は話さなかった。ただ、心の片隅には、必死に訴えかける兼吉の顔が、奉行所での話し合いの最中でも浮かんでいた。

三

翌日は、雨になった。お陰で、澱んでいた火山灰はすっかり流れてしまったが、川や掘割の増水が気がかりだった。

薙左は合羽《かっぱ》を被って小舟を出し、本所深川一帯を巡った。

掘割沿いの所々に見かけるのは、〝余花《よか》〟であった。初夏になって遅れて咲く桜のことで、青々とした葉の間に咲く桜は力強くて美しいが、不思議な感じがした。それにしても、季節外れすぎる。これもまた天候不順のなせる業なのか。

――夏山の青葉まじりの遅桜はつはなよりもめづらしきかな

という和歌があるが、珍しいを通り越して異様であった。

昨夜《ゆうべ》、兼吉が話していた『雪螢』の周辺にも、〝余花〟がぽつぽつと咲いていて、まるで身請けされそこねた遊女が、必死に生きているようにも見えた。

兼吉が訪ねるおきんの部屋が何処にあるか、薙左は承知していた。その掘割をぐるりと廻っていると、表鬼門と裏鬼門と言われる丑寅と未申の方角にある番小屋から、目つきの悪い忘八連中が、薙左の船を見ていた。忘八とは、仁義礼智忠信孝悌を忘れたロクデナシの意味である。

だが、薙左の白袴は船手奉行だと分かっているし、小舟も船手のものなので、掘割を通っていても何の文句も言わなかった。下手に嚙みつけば、乗り込まれるかもしれないからである。岡場所はつまりは私娼窟であるから、本来、手入れする気になればできないではない。しかし、よほどの犯罪でも起きない限りは、お上も見て見ぬふりをしていたのである。

おきんの部屋の窓は閉まったままだった。他の女郎の部屋もそうだが、いつもなら窓辺に肘を当てて、ぼんやりと遠くを見ているおきんの姿があった。

番小屋の近くに船を寄せて、

「景気はどうだ」

と薙左が声をかけると、番人役をしている忘八は、腰を屈《かが》めて答えた。

「さっぱりでさあ。深川にはいい岡場所が沢山ありやすからねえ。なんでも、天保の改革とやらで、芸者衆も柳橋の方に移されるってことですが、そんなことされちゃ、深川の灯《ひ》が消えまさあ。そしたら、桶屋がなんとやらじゃねえが、俺たちのおまんまもなくなってしまう。頼みますよ、旦那」

「俺に言われてもな」

「死ねって言ってるも同じじゃねえですか」

「おまえたちこそ、遊女を死ぬまで働かせているじゃないか。元を取れたら実家に帰してやれ。それが人の情けだ」

「人の情け、ねえ……旦那はまだお若いから分かっちゃいねえ。遊女は帰りたくても帰る所なんざないんですよ。だから、いつまでもここに……」

と話している番人の背後に、黒い縞模様の兄貴分の男が立った。昨日、おきんをいたぶっていた男である。

「余計なことをグダグダと話している間に、稼げそうな女のひとりでも見つけてきやがれ。おら、おら」

「これは済みません、鬼六《きろく》の兄イ」

「いいから、行け」

どやしつけてから、ギロリと鬼六は、掘割の薙左を見下ろした。

「船手の旦那……何か御用でございやすかねえ。そうじゃなきゃ、ここらをうろつかれるのは迷惑なんで、へえ」

丁重な言葉を使ってみせても、今し方、怒鳴ったばかりの余韻は残っているし、顔は少しも笑っていない。

「迷惑か。俺たちに見廻られては、何か不都合な、後ろめたいことでもあるのか」

「そう嚙みつかないで下せえよ。この掘割は、あっしら遊郭のものですから、いわば敷地内なんです。旦那方が見廻る堀川とは違うんですよ」

たしかに、遊郭が管理している〝私有地〟内に作られているものであった。しかし、溜め池ではなく、他の堀川とは繋がっており、今日のように雨が多く降ると、自然に流れ出るようになっている。

「だったら、この堀に溜まった雨水を一滴たりとも、堀川に出すんじゃねえ」

「！……」

「そんなことをしたら、たちまち『雪螢』は水浸しだ。なあ、鬼六とか言ったか。人はお互い持ちつ持たれつ暮らしているんだ。てめえ勝手なことを言うんじゃないよ」

うるさいなという顔つきになると、鬼六は腰を伸ばして、ぶらぶらと番小屋の方へ立ち去り、そのまま遊郭の家屋の中に入っていった。

鬼六の噂はよく聞いている。地廻りとも深い繋がりがあって、それを笠に散々悪さをしているということだ。『雪螢』の中では、数軒の遊女屋を仕切る肝煎《きもいり》の銀兵《ぎんべ》衛《え》の懐刀と言われており、気にくわないことがあると、黙ってグサリとやるとのことだ。もっとも、人殺しをしたのなら、すぐにでも捕縛されていただろうが、今ま

で何度も怪しいことがありながら、お咎めなしばかりが続いた。だから、人々は、

「うまいことやっていやがる。今にバチが当たる」

と陰口を叩いていた。だが、鬼六が周辺の町をうろついていると、曖昧な笑みを浮かべて挨拶をしていた。下手に言いがかりをつけられて、店をめちゃくちゃにされては、かなわないからである。

前に何度も、堅気の町人と諍《いさか》いがあった。だが、乱暴を働いても、すぐに『雪螢』に戻ってしまう。結界というわけではないのだが、そこは一応、寺社地扱いになっているから、町方の本所廻りも近寄らない。寺社奉行に訴え出ても、解決されたことはない。これまた、見て見ぬふりが罷り通っているのである。

それにしても、今日は兼吉の顔を見てないと、誰もが言っていた。一日も欠かさず船で商いに来ている兼吉だけに、町の者たちも心配していた。

薙左は船で見廻りをするついでに、大島町にある兼吉の住む長屋を訪ねてみた。

部屋の前には、ワンワンと不安そうな声でコロが鳴いている。

長屋の扉が開けっ放しになっているので、覗いてみると、長屋の大家をはじめ、近所のおかみさん連中や自身番の番人らが駆けつけてきていた。

九尺二間の粗末な室内には、敷きっぱなしの煎餅《せんべい》布団に座っている母親のお幸《さち》が、咳《せ》き込みながらも懸命に訴えていた。

「探して下さい、兼吉を。ゆうべ、一旦、帰っては来たのですが、そのまま何処かへ行ってしまって、夜遅くなっても帰って来ず、今朝になっても……何かあったのかもしれません、探して下さい」

折れそうなほど細い体の母親の嗄《しわが》れ声は、今にも泣き出しそうだった。

「ごめんなさいよ」

挨拶をして敷居を跨いだ薙左は、すぐに兼吉のことを聞き返した。帰って来ないとのことだが、何か心当たりはないかと尋ねた。

「ありませんよ……そんなものがあれば、とっくに……」

お幸が背中を丸めて項垂れるのへ、薙左は言いにくそうに、

「実は、昨夜、船手奉行所まで、兼吉が訪ねてきたんですよ」

「兼吉が？　どうしてです」

「それは……頼み事があると……でも、帰してしまいました」

真っ正直に薙左が言うと、近所のおかみさん連中が感情を露わにして、

「ちょいと船手の旦那。あんた、あんな小さな子を、ひとりで追い返したのかい？」

「そうだよ。万が一、何かあったらどうするのさ」

「信じられない。とんだ、お役人がいたもんだ。何を頼みに行ったか知らないが、相手は子供なのに追い返すなんて」

　薙左は素直に謝ってから、自分も一緒に探すと申し出たが、おかみさん連中の怒りは治まりそうになかった。だが、お幸は薙左のことを庇うように、

「うちの子が、好きな早乙女の旦那だから、そう言わないでおくれ……その代わり、旦那……なんとしても探してくれないかい。うちの子は、売り物をそっくり船着場にある小屋に置いたままで、どこかに船で出かけたみたいなんだ」

「船で……」

「しかも、コロを置いていったのには、何か訳があるに違いない。私は不安で不安で仕方がないんですよ」

　思い当たる節があるのは薙左の方だった。もちろん『雪螢』の遊女のことである。口から出そうになったが、病身の母親にさらに余計な心配をさせてはならない。

「私に任せて下さい。ちゃんと探しますよ」

「だったら、旦那……コロを連れて行って下さいまし」

「コロを？」

「ええ。この犬は兼吉が拾ってきた犬だし、主人は私じゃなくて兼吉だと思っているから、一緒に探してくれるはずですよ」

たしかに匂いなどから、兼吉の居場所が分かり易《やす》いかもしれない。薙左がコロを呼ぶと、尻尾を振りながら、目の前にきて座った。そして、薙左の後をついて歩き、船に乗って、舳先に陣どった。

「そこが好きなのか？」

「ワン！」

コロの〝銅鑼《どら》の音〟で、薙左はゆっくりと漕ぎはじめた。

四

その夜――。

いつものように、おきんの部屋には薄暗い行灯が灯《とも》っていて、少しだけ障子窓が開いていた。夜になって、雨足が強くなってきていたが、二階の庇《ひさし》が長くセリ出ているせいか、雨は部屋に吹き込まないようだ。

その部屋の真下に、一艘の荷船が音もなく近づいてきた。

雨音が櫓の音を上手い具合に消している。

それは、兼吉の船だった。

薦被《こもかぶ》りをしている兼吉は、手にしていた小石を握り直すと、真上の窓に向かって投げた。コツンと当たって落ちてきて、ぽちゃんと堀に落ちる音がした。

もう一度、兼吉が別の小石を投げると、今度は障子に当たって、そのまま破って部屋の中へ入ってしまった。

すると、おきんがすぐに障子窓を開けて、顔を出した。

「姉ちゃん、俺だよ、兼吉だ」

「け、兼吉ちゃん……」

「助けにきたよ、ほら。これを掛けて」

縄梯子の上の端っこを、竹竿を使って器用に二階にまで伸ばした。

「これを窓枠にかけて、降りて来てくれ。そしたら、おいら、遠くまで連れて逃げるから。早く、姉ちゃん」

おきんは縄梯子を摑んだものの、

「だめだよ、兼吉ちゃん。こんなことをしては、あなたが……早く帰りなさい」

「いいから早くッ。おいら、このために、ずっと越後橋の下で待ってたんだ」

越後屋という材木問屋の店と木場の間に架かっている橋で、隧道《すいどう》となっている所があるから、船を隠しておけるのである。

「幸い雨だ。薦を被れば人目にもつきにくい。さあ、早く早く」

兼吉は急かしたが、おきんはなかなか降りようとはしなかった。ためらいがちに後ろを振り返り、そして兼吉を見下ろした。

「何をしてるんだよ、早くッ」

おきんはどうしようかと迷っていた。ドキドキと胸が高鳴る。

今、逃げればあるいは、このまま何処か遠くに行けるかもしれない。しかし、鬼六は蛇のような奴だ。決して、諦めたりはしないであろう。

かといって、このまま『雪螢』にいて何になるというのだ。三年の年季奉公というのは建前に過ぎず、すでに五年が過ぎている。だが、着物代だの食べ物代だの、客が壊した壺や屛風代だのと理由をつけて、おきんの借金の上乗せにしてきた。

——このままでは……。

死ぬまで働かされる。いや、働かされ続けて、死んだら捨てられるのだ。

これまで、何人、そういう悲しい女を見てきたことか。ここは、〝せせなげ〟どころではない、野だめのような穢水の中で、足搔けば足搔くほど沈んでゆく。そして、二度と這い上がることはできない。考えれば考えるほど、自分がみじめになってきた。

だからといって、兼吉のような子供に縋ってよいのか。下手をして見つかれば、兼吉の方こそ酷い目に遭わされるに違いない。

「姉ちゃん。何をしてるんだよ、早く、早くぅッ」

声を殺して、それでも必死に叫ぼうとしている兼吉の姿を見て、おきんはたまらず、縄梯子の端をガッと窓枠にかけた。そして、取るものもとりあえず、窓から乗り出して、縄ばしごに足を乗せた。

ゆっくり、慎重に降りた。今、もし鬼六が部屋を覗きにくれば殺されるかもしれない。番小屋の者が気づけば、堀に飛び込んででも捕らえにくるであろう。

「来ないで……誰も来ないで……」

そう願いながら、おきんは兼吉の船まで降りてきた。ようやく足先がついたとき、少しだけ船が揺れた。船縁から滑りそうになったが、兼吉が必死に支えた。

「もう大丈夫だ……」

兼吉は堀の石壁を足で蹴ると、すうっと暗闇の堀を進めた。おきんが振り返ると、ぼんやりと行灯あかりが洩れている窓から、ぶらぶらと縄ばしごが垂れているのが見える。

「コロは？」

「あいつがいると吠えるだろう。だから……」

連れて来なかったと兼吉は答えた。

とにかく、一刻も早く遠ざかりたい。願いはそれだけだった。

今の刻限ならば、材木置き場を縦横に仕切ったような掘割を進んで、海まで抜け出すことができる。そこから先は考えていない。だが、品川の沖に行けば、なんとかなる。子供心に兼吉はそう思っていた。

だが、その考えが甘いことは、すぐに思い知らされた。どこか遠くで、

「逃げたぞ！　おきんが逃げたぞ！」

「探せ、探せえ！」

「連れ戻して、痛い目に遭わせてやれ！」

「まだ遠くには行ってないはずだ！」

などと叫ぶ声が聞こえる。まるで他人事《ひとごと》のように、遥か遠くの出来事に感じていた。

しかし、掲げている松明が、どんどんと近づいてくるのが分かる。船足は速い方だが、動きが限られている船に比べて、近道を使える陸の方が早い。

「大丈夫だよ、姉ちゃん。奴らからは俺たちの船は見えないはずだ。どっちに行ったかなんて、分かりっこねえ」

逆に兼吉の方が励ましながら、一生懸命に櫓を漕いだ。

材木の山を隠れ蓑《みの》にするように、後十間ばかりで海に出ようとしたときである。

ゴツン――。

何かに激しく当たる音がした。

「なんだ？」

懸命に櫓を漕いで、行く手を変えて進もうとしたが、船底がジャリジャリと泥のようなものに擦れて、身動きが取れなくなった。

元に戻ろうとしたが、今度は艫の方に何かがぶつかった。雨模様だし、月明かりもなく、辻灯籠もない。漆黒の闇とはよく言ったもので、手探りをしても、まったく見えないほど暗かった。遠くの漁《いさ》り火だけを頼りに来たのだが、どうして、このような所に砂利があるのか、不思議で仕方なかった。

よく見ると、土壁や瓦《かわら》だのがある。他にも古い木材や箪笥の壊れたのや、割れた甕《かめ》などの瓦礫《がれき》がごっそりと溜まっているのだ。

「もしかして……」

先般の地震と津波でできた塵芥が集まってできている澱みだった。もしかしたら、埋め立てるために集めた土砂も混じっているのかもしれない。

「あ、ああ……」

俄に情けない声になって、兼吉は必死に漕ごうとしたが、塵芥が絡まって、櫓そのものが動かなくなった。力任せに扱っても、どうしようもなかった。

「姉ちゃん……ごめん。おいら……」

黙ったまま目を凝らして、水面に広がっている塵芥の山を見たおきんは、何がおかしいのか、急に笑いはじめた。

「やっぱりダメだったわねえ……私が行く先々は、どうせ塵芥ばっかりなんだ……所詮は、ゴミための中でしか暮らせないってことなのかねえ、私は……」

自嘲すると、おきんは兼吉の体をそっと抱いて、無駄な足掻きはやめようと囁《ささや》いた。

「なるようにしかならないんだ……ごめんよ、つまらないことに巻き込んで」

丁度、満潮の時刻になったのか、徐々に水位が上がり、塵芥が壁のようにせり上がって、川船を押し戻した。ゆっくり、少しずつ、兼吉の船は、来た水路を戻された。この船もまた、塵芥の一部のように見えた。

その異様な光景に、陸の道を駆けていた忘八たちも気がついたのであろうか。

「向こうだ！　向こうへ急げえ！」

と合図をし合う声が轟き、松明が近づいてきた。

それでも、兼吉は諦めないと櫓を漕ごうとしたが、塵芥が挟まったまま、うまく動かすことができなかった。

「おきん」

ふいに近くの道から声がかかった。

水に浮かべている木の山の向こう、切断して作業小屋の壁に立てかけてある材木の隙間から、鬼六が現れた。灯りがないのに、その恐ろしい形相《ぎょうそう》が目に見えるようだった。

「こっちへ来い、小僧。でないと、ぶっ殺すぞ」

「行こうにも行けないんだよ……櫓が……櫓が動かなくて」

「ほれみろ。逃げちゃいけねえって、神様の思《おぼ》し召しだ。だったら、こうしてやらあ」

ヒュンと音がして鉤縄が飛んで来ると、船縁にかかり、ガッチリと食い込んだ。

思わず兼吉はそれを外そうとしたが、〝返し〟のついている太い鉤が絡んでいる。子供の手ではなかなか外せなかった。

ぐらん――と船体が傾いて、陸の方へ引かれていく。

「小僧……てめえは生かしちゃおけねえよ……これまでも何度も大目に見てきたが、

今度ばかりは酔狂が過ぎた」

「放せ、このやろう！」

兼吉は刃物を取り出して、鉤縄の縄を切ろうしたが、漆《うるし》で固められていて、歯が立たない。

じわじわと陸へ引き戻されてゆく。

そのときである。

「ぎゃあ！」

物凄《すご》い悲鳴を上げて、鬼六が悶《もだ》え苦しみはじめた。そして、のたうち廻るのが、船からは踊っているように見えた。

その鬼六の背後に黒い人影が現れるや、軽く背中を押した。そのまま、鬼六はドブンと掘割に落ちて、足掻くこともなく、塵芥に絡まれながら、じわじわと沈んでいった。

「！……」

恐々と見ていた兼吉とおきんは、たまらず声を洩らしそうになったが、その人影は鉤縄を引くと、少し上流まで戻して、違う水路へ押しやった。

「さあ、逃げな」

と囁いた。しばらくすると、水が流れ、櫓に絡まっていた塵芥が外れた。

誰だろうと振り返った兼吉の目から、その人影はすでに消えていた。ただ、何処かで聞いたことのある声だと、兼吉はぼんやりと思っていた。

行く手に潮騒の音が広がってきた。

五

塵芥溜めのような澱みの中から、鬼六の死体が出てきたのは、翌朝早くのことだった。巡廻していた船手奉行所の船頭が見つけたのだ。

すぐさま、船手奉行所に運んで検分をすると、背中から刃物を突きたてられた上に、掘割に落とされたと判断された。その際、塵芥の塊《かたまり》で頭を打ったり、流木や土砂の下に押しやられて、川底に沈んだと思われる。

だが、致命傷は背後からの一撃であることに間違いはない。

「では、一体、誰がやったか……だな」

加治の問いかけに、鮫島が答えた。

「この鬼六という奴は、『雪螢』の牛太郎で、遊郭の肝煎から、金のことやら、遊女の身のこと、外から来る客との面倒の一切合切を任されていやす」

「つまり、郭の顔役っていうことか」

「まあ、そのようなもので。だから、色々な人間に怨まれているのは確かで、お上のお世話になったことも何度もある。その都度、お咎めなしになったらしいが、まあタチの悪い奴であることは間違いない」

「では、奴を怨んでる奴、快く思っていない者を探せば、下手人が分かるってことか」

「まあ、そうかもしれないが……一筋縄ではいきそうにない」

「なぜだ」

「遊郭の忘八たちの話によれば、昨夜、ちょっとした騒動があったらしい」

おきんが何者かに連れ出されて逃げたのだ。忘八たちは、その小舟の行方を摑んだようなのだが、それより先に気づいた鬼六がひとりで近道をして追いかけた。

「だが、そのまま行方が分からなくなったから、忘八たちも探していたのだが……

今朝になって見つかったという次第」

「つまり、おきんという女郎を逃がした誰かが殺した、ということか」

「それも確たる証があるわけではないが、そう考えて不思議じゃないだろう」

「ふむ……」

腕組みをした加治は、開け放った障子窓の外に広がる江戸の海を見ながら、

「では、サメ。その女郎は、誰と何処へ逃げたんだろうな……女郎に惚れていた男、あるいは昔の男、そういうところから洗ってみる必要があるな」

「──まったく、面倒なこった」

鮫島が吐き捨てるように言うと、加治はどういう意味だと聞き返した。

「だって、そうじゃねえか。鬼六みてえな人間が死んだのは自業自得ってもんだ。どうせ、おきんて遊女は酷い目に遭ってたんだろうから、このまま幕引きといきてえところだ。俺たちにはもっと他にやることがある」

「そうはいくまい。たとえ極悪人だとしても、殺せば人殺しだ。捨て置くわけにはいかないんじゃないか？」

「それが無駄な気がする……この際、殺しにかこつけて、『雪螢』に乗り込んで、

あの岡場所をぶっ潰してもいいじゃねえか？　そしたら、可哀想な女たちが助かる」

鮫島は本気でそう思ってるようだった。

「『雪螢』なんて綺麗な町の名だが、冬は雪の灯り、夏は蛍の灯りで過ごすじゃねえが、どちらも儚く消える。ならば、いっそのこと、町ごとなくそうとは思わないか、カジスケさんよ」

「バカを言うな。船手ですることじゃあるまい……薙左、おまえはどう思う」

船手奉行所内の一室で、加治が声をかけた。うつろな目になっている薙左は、ハッと顔を上げて、その場にいる鮫島と世之助を見やった。

「申し訳ありません。もしかしたら、これは俺のせいかもしれません」

「どういうことだ」

加治はじっと睨むように薙左を見た。

「…………」

「答えろ。何があったというのだ」

「はい……」

兼吉という子供が一昨日の夜、おきんを助けてくれと、薙左を訪ねてきたと話した。兼吉から受け取った、おきんの走り書きの紙も見せた。

その翌日、兼吉は姿を消した。だから、薙左も一晩中、探していたのだが、まったく分からない。何処かで事故にあったかもしれないと思って、探索の範囲を広げ、橋番などにも注意を促していた。

「もしや……その女郎を助けたのは……」

加治がそう想像すると、薙左も当然、『雪螢』の辺りを何度も巡っていたと話した。たまさか目が届いていない隙だったのか、あるいは兼吉が、薙左がいないときを狙って、助け出したのか、いずれにせよ、縄梯子を使って逃がしたのは、たしかであろう。

「しかし、子供がそこまでできやすかねえ」

世之助は船頭だから、果たして大人のように巧みに操って逃がすことができるか、疑問に感じていた。

「とにかく、私が間違いでした。もっと真剣に、あの子の……兼吉の話を聞いておくべきでした」

の身辺を改めて調べ直せと命じた。

「泣き言を言っても始まるまい」

強い口調で、加治は諭しつつ、すぐに兼吉の行方を探し、おきんと殺された鬼六の身辺を改めて調べ直せと命じた。

そんなところへ——。

中川の川船番所の役人の使いが、奉行所の玄関に駆け込んできた。

「早乙女さんはいらっしゃいますか」

面会に出た薙左に、使いは意外なことを話し始めた。

「兼吉という子供を知ってますか」

「ああ、今、その話をしていたところだ」

「その子が、薙左さんに助けて欲しいと……川船番所で預かってます」

「なぜ、そこで？」

「昨夜、川船で海の沖に出たそうですが、雨も降っており、波が荒くて、まあ押し流されてきたんですな。それで、うちの番人が見つけて……」

「誰か一緒にいなかったか」

「いいえ。それは誰も」

「ひとりだった」

「はい……」

「では、兼吉が女郎を逃がしたんじゃなかったのか……よかった……やはり子供だ。何かしようとして、しくじった……で、また俺を頼ってきたんだな」

　薙左はほっと溜息をついたが、逆に加治と鮫島は、

　――妙だな。

　と首を傾げていた。中川の川船番所の方に流れるということは、昨夜の満ち潮の加減や流れからみて、不自然だからだ。そこまで帰ったとなれば、木場あたりは兼吉の庭みたいなのだ。家に帰ることだってできるはずだ。

「なのに、家に帰らず、川船番所に助けられたのは、わざとじゃねえかな」

　鮫島は意味ありげにそう言った。船手で長年、色々な事件を扱っている熟練たちの勘かもしれない。そう思うと、薙左も心の奥がざわざわしてきた。

　――やはり子供だ。

　と思ったのは間違いかもしれぬ。兼吉はとんでもないことをしたのかもしれないと、遅蒔《おそま》きながら、薙左の頭に重くのしかかった。

六

川船番所から、兼吉を引き取った薙左は、船手奉行所に連れて来て、一体何があったのか、すべてを話すように言った。

だが、助けて欲しいと願い出てきたにも拘わらず、兼吉はへらへらと笑っているだけだった。そして、差し出された蕎麦や深川飯、味噌汁などを、実にうまそうに食べるのだった。

昨夜から、ろくに食べていなかったという。川船番所でも団子を出されたけれど、少し腹が落ち着いただけで、食べ盛りの兼吉には物足りなかったのだろう。

「おっ母さんには使いを出して、俺と会っているからと伝えておいた」

「そうだね。おっ母さん、心配してらあ」

「——兼吉……何がそんなに嬉しいんだ。周りの人たちは散々、心配してたんだ。悪いとは思ってないのか」

「ごめんなさい」

「ところで、兼吉……こっちを見ろ」

　薙左は真顔で見据えて、

「この前、渡されたこの紙だがな。どうなったか知ってるか」

「知らない」

「本当に何も知らないのか？」

「うん」

「おまえが心配していた、おきんという遊女は、『雪螢』から逃げ出して、そのまま何処かへ姿を消してしまった」

「…………」

「そして、追いかけてきた鬼六という郭の男は、何者かに刺し殺された上で、掘割の塵芥の中から見つかった……神様か仏様の仕業かもしれないが、おきんは助かったようだな」

「…………」

「でもな、どんな悪人でも殺されちゃ可哀想だ。死ねば同じ仏。下手人探しを俺たちはやってる。もし……もしだ。おきんを逃がし、そして、鬼六を殺した奴に誰か心当たりがあれば教えてくれないか」

兼吉は浅蜊《あさり》がたっぷり入った深川飯を、実にうまそうにかきこんでいる。

「どうなのだ?」

「知らないって言ってるじゃねえか」

「おまえらしくない言い草だな」

「——だったら、どうして、おいらが助けてって言ったとき、助けてくれなかったんだよ。おいら、悲しかった」

と丼を置いて、兼吉は俯いた。

「姉ちゃんも同じだったと思う……きっと嫌だったんだ。あんな所で暮らすのは。でも、恐い奴らがいて、ずっと閉じこめられてたんだ。だから、おいら……おいら……」

どうしても助けたかったと続けて、兼吉の目には急に涙が溢れてきた。そして、ぶるぶると震えてきて、

「こ、恐かった……」

と呟いた。その張り詰めた顔を見て、薙左は一瞬にして察した。

「やはり……兼吉、おまえが縄梯子を……」

小さく頷いた兼吉は、俯いたまま大粒の涙を零《こぼ》して、自分の身に起こったことをすべて話し始めた。恐くて、家に帰れなかったのは、『雪螢』の忘八たちにバレたかと思ったからだ。だが、自分の顔は見られていないはずだ。でも、もしかしたら気づかれたかもしれないと迷っていたのだ。

しかし、よくよく考えてみれば、兼吉の仕業だと知ったのは鬼六だけで、それを誰かが殺したのだから、

「これで、おいらがやったことだとは、郭の人には分からない。それに、お姉ちゃんを逃がすことができると思ったんだ」

「鬼六を殺したのは、おまえじゃなかったんだな……ほっとしたよ」

薙左は心から安心して、兼吉の手を取った。毎日、船を漕いでいるせいか、子供のくせにごつごつしていたが、やけにひんやりとした手だった。

「——見たのだな。鬼六を殺した奴を」

「…………」

「どうなのだ？」

「それは……暗かったし、遠かったし、雨だったし……顔なんて見えなかった」

「知ってる奴なのか？」

「だから、分からないって……」

短い溜息をついて、薙左は別のことを訊いた。

「おまえが見た奴は、どうして鬼六を殺したのかな……たまさか、そこに鬼六に怨みを持つ奴がいたのかな……それとも、おきんを助けたい誰かだったのかな」

「さあ、おいらには分からねえ……本当に分からねえんだ……俺から見たら、薙左の旦那が言ったように神仏だったのかもしれねえ」

もう一度、薙左はじっと兼吉を見据えて、

「本当に心当たりはないのだな」

「――ねえ」

「だったら、この話は終える。けど、おまえが、おきんを助けたことは誰にも喋っちゃだめだ。おっ母さんにもだ。もしも、何処かで『雪螢』の連中の耳に入ったら、おまえだけじゃない。おっ母さんも危ない目に遭わされるかもしれない」

「！……」

「たまさか、うまくいったかもしれないが、おまえは、それだけ大変なことをしたんだ。賢いおまえのことだ。分かるな」

兼吉は小さく首を縦に振って、

「でも、薙左の旦那……おいら、姉ちゃんには幸せになって貰いてえんだ」

「おきんは、何処で降ろしたんだ」

「品川宿の近く。もちろん、海辺だけれど……そこから、先のことは知らない。ただ、その宿場に、昔、お姉ちゃんと惚れ合った男がいたって……だから、その人を頼るって……」

「そうか……そのことも黙ってるんだ。いいな、後は俺が……」

善処するとは言ったものの、薙左にとっては少々、重荷だった。

『雪螢』のような町はなくなればいい。だが、強引に潰したところで、また他で似たような町がはびこる。公儀が御定法によって、なくさない限り、きっとしつこく残るに違いないからだ。

その頃——。

おきんは品川宿の一角にある『加賀屋』という太物問屋の前に来ていた。木綿を扱う店で、十人ばかりの奉公人を雇って、そこそこ繁盛していた。

訪ねたいのは、手代の喜助《きすけ》だった。

店の表で、うろうろしている見知らぬ女に、店の者たちは怪訝な目を向けていた。それはそうであろう。おきんのなりは、逃げてきたままだから、白粉《おしろい》は落ちているとはいえ、夜鷹同然の姿である。通り行く人々も、真っ昼間から、何という女だと遠巻きに見ていたくらいだった。

「あの……すみません。喜助さんは、いらっしゃいますか」

「喜助?」

番頭らしき男が店の中から出て来て、まるで汚いものでも見るように、眉を顰めた。

「はい。手代の喜助さんです」

「おまえさんは?」

「――おきん……といいます。喜助さんに伝えてくれれば分かると思います」

「おきん、さんねえ……」

臭いとでもいうように番頭は鼻をつまむと、店内に戻った。しばらくして、上等な紬の羽織を着た若旦那らしき男が出てきた。これが喜助である。

おきんの顔に、一瞬にして、笑みが広がった。

だが、喜助の目には、おきんのことが入っていないようだった。後から、ついてきた番頭は指をさして、

「このお方でございます」

「ん？」

喜助は辺りを見廻して、一度はおきんを見たものの、まさか訪ねてきたのが、夜鷹まがいの女とは思っていなかったから、声をかけるのも遠慮したくなるほどだった。

だが、あまりにも見つめるので、喜助はその見覚えのある面影にアッとなった。

「──お、おきん……」

消え入るような声になると、手を引いて裏路地に入りながら、「番頭さんや」と言って目顔で何やら伝えた。そして、裏路地まで連れ込むと、

「一体、どうしたというんだ……こんな所まで。おまえは確か……」

「逃げて来たんだよ」

「に、逃げてって……大丈夫なのか？」

辺りを見廻す喜助は、明らかに追っ手らしき人影を探していた。そして、人目を気にしつつ小声になって、

「困る……困るよ」

「え？」

「俺は今、この店の主人を任されている」

「そのようね」

「先代の娘と一緒になり、主人に収まった。番頭や手代たちは元々、私の上にいた人たちだから、なんとなく扱いにくいが、それでも何とかやっている」

「…………」

「だから、こんな真似は……」

「分かってる。別に、嘉助さんに何かして貰おうと思って来たんじゃない。ただ……ただ、一目会いたかっただけ」

気まずそうに目を逸らした喜助は、居心地が悪そうにそわそわしていた。

「どこで流れが変わったんだろうね。同じ長屋で一緒に育ち、一緒に遊び、一緒に……」

「…………」

「どうするんだ、これから。逃げたりしたら、おまえ……」

「ごめんね。じゃあ」

何と言っていいか分からない喜助は、曖昧に言葉を濁していたが、番頭が財布を持って戻ってきた。

「ここに十両ばかり入っている。これで、どうか……」

言いかけたとき、おきんはニッコリと笑って、

「そんなものはいらないよ。本当に顔を見に来ただけだから……最後の最後に」

「いいから、取っておけ」

「さようなら」

おきんが立ち去ろうとすると、表通りから、二歳くらいの女の子が、金魚のような模様の着物を着て、よちよちと歩いてきた。そして、喜助に可愛らしい声で、トト様、トト様と声をかけた。

「まさに知るべし、苦海を離れて浄土に往生すべきは、ただ今生のみにあることを……どんな苦労があろうと、一生懸命生きなければ、極楽浄土にはいけないんですねえ。私にとって、現世は地獄だけれど、それでも……嘉助さんに会えてよかった……」

背中を向けて、子供のいない方に駆け出すと、そこには――弥七が立っていた。

「縄張り違いだけどよ……ちょいと話があるから、来て貰おうか。ああ、そこの若旦那さん、あんたにもな」

弥七は獲物を見つけた鷹のように、ぎらついた目で睨みつけた。

七

珍しく、江戸の海が凪《な》いだ。

日中は海風が吹く。夜になれば陸風が流れるが、この日の夕凪は、穏やかというよりは、気持ちが悪いくらいに静かだった。船手奉行所から眺めていても、海面は鏡のように平らで輝き、波ひとつない。陸を振り返れば、炊《かし》ぎの煙も棒のようにまっすぐ空に向かって昇っていた。

鬼六殺しの下手人を捕らえたと、南町奉行所から報せが来たのは、そんな穏やかな夕暮れだった。

薙左には、俄に信じられなかった。

押っ取り刀で数寄屋橋門内の南町奉行所に駆けつけた薙左は、下手人が遊女のおきんだと知って、さらに衝撃を受けた。

詮議所では、縄に縛られたままのおきんが、小さなお白洲に座らされていた。蹲《つくば》居《い》同心に案内された薙左は、背を丸めて、心なしかやつれた女の姿を見て、胸が痛くなった。初めて見る顔だが、どこか懐かしさを感じさせる面立《おもだ》ちである。

吟味方与力が立ち合って、まずは伊藤が尋問していた。薙左は思わず進み出て、

「伊藤さん。鬼六の一件は、船手奉行所で扱っているはずです。どうして、かような……」

「おまえたちが、とろくさいことをしているから、こっちがわざわざ出張ってやったのではないか。感謝されこそすれ、文句を言われる筋合いはないと思うがな」

「しかし……」

「ガタガタ言うな。こっちは、わざわざ報せてやってんだぜ」

強引に押しやるように薙左を傍らに戻して、

「こいつは、自分がやったと白状したんだ。おっと、言っておくが拷問なんざ何もしてないぞ。品川宿に……昔の男の所へ現れたところを、弥七が捕らえたのだ。そうだな、おきん」

「――はい」

おきんは意外とはっきりした口ぶりで答えた。

「可哀想に、鬼六を殺してまで、昔の男のもとに駆けつけたのに、あっさりふられてしまった。疑うなら、品川宿の『加賀屋』という太物問屋を訪ねてみるがよい」

伊藤は自信満々にそう言ったが、薙左には納得できるはずがない。兼吉の話を信じているからである。

「……おきんとやら。本当に鬼六を殺したのかい？」

薙左が訊くと、伊藤は勝手に問い質すなと言ったが、吟味方与力は上からの指示があったのか、話しても構わぬと認めた。おきんは、自分がやりましたと言ったが、

「では、どうやって殺したんだい？」

と薙左は聞き返した。

「どうも、こうも……『雪螢』を出て、とにかく闇雲に走って逃げていたところ、鬼六に追いつかれたので、殺したのです」

「走って……走って逃げたのか？」

「はい」

「船ではなく？」

「違います。その夜の三番目の客を帰した後、厠《かわや》に行くふりをして、番人の目を盗んで、一気に門を走って抜け出しました」

おきんは明らかに兼吉のことを庇っていた。船で逃げたと言えば、兼吉のことが表沙汰になる。遊女を逃がしたことを、お上が咎めることはないが、『雪螢』の者たちが知れば、ただで済ませるわけがない。だから、おきんは嘘をついているのだ。

「そうか……走って逃げたか……」

薙左は納得したように頷いたが、伊藤は鼻白んだ顔になって、

「だが、『雪螢』の忘八たちは、窓から縄梯子が垂れていたと証言している。誰かが手引きをしたに違いない。そいつが、おきんと組んで、一緒に殺したかもしれぬ

……俺はそう睨んで、『加賀屋』の主人を調べたが、その夜は、品川の問屋仲間と寄合があってな、深川に来ることはできない」

「………」

「他に仲間がいるのではないかと、おきんに迫ってみたが、あれは前々から用意していたのだが、掘割を泳いでは逃げられないと思ったと言うのだ……まあ、それは嘘かもしれぬ。誰かを庇っているのかもしれぬ」

「ああ。庇っているのかもしれませんね」

はっきりと薙左は同調した。

「だとしたら、伊藤さん……その手引きをした者が下手人だと考えるのが順当じゃありませんかねえ」

「おまえさんも、そう思うかい。こりゃ愉快だ。話が合ったのは初めてではないか？」

伊藤がにんまりと笑うと、おきんは感情を露わにして、

「誰も手引きなんかしてません！　私がこの手で殺したんです！　逃げたい一心で！　あんな所で暮らすなんて、もうまっぴら御免なんです！」

と声を荒らげたが、薙左は穏やかな目で聞き返した。

「では、おきん……おまえは下手人の何処を、何で刺したのだ」

「ほ、包丁です。客に出す水菓子などを切ったり剝いたりしますからねえ、包丁くらい持ってます」

「何処をどう刺した」

「それは……胸……心の臓を一突きです」

「胸を？　おかしいなア。船手の調べでは、背中から刺されているのだ。しかも、包丁どころではなく、脇差くらいの長さのもので、ぐさりと突き抜かれている。肋《ろっ》骨《こつ》も折れていた」

「お、覚えていません……無我夢中で、そんなの分かりませんよ……何処をどう刺したかなんて、そんなこと」

「ああ、分かるわけがない。なぜなら、おまえが刺したわけじゃないからだ」

「いいえ……」

「もういい、おきんッ」

薙左は少し強い声で制して、真っ直ぐに見つめた。

「おまえが庇っている者のことは、俺も知っている。だが、殺しはまた別の奴の仕業だ。これ以上、自分を貶《おとし》めるのはやめなさい」

「……………」

「でないと、せっかく逃がしてくれた人が、悲しむのではありませんか？」

おきんは薙左を見つめ返していたが、そのきらきらした煌めきに、思わず目を伏せた。

「どうしてですか……どうして、私のような者をそんな目で……」

「逃がした人と同じく、助けたいからです」

ゆっくり瞼を閉じたおきんは、過ぎ去った日々のあれこれを思い浮かべたのか、長い睫《まつげ》を潤ませて、

「本当に……本当に、私はついていない人生でした……でも、犬や猫ですら、自分の悪い境遇なんか何ひとつ嘆かないで、一生懸命生きている。あの足のないコロだって……」

と言いかけて、口をつぐんだ。薙左には分かったが、伊藤は気づいていなかった。そもそも兼吉とコロのことを知らないのであろう。

おきんは遠くを眺めるような目になって、淡々と続けた。

「でも、私は己の身を嘆くばかりで……だから、運も逃げて行くんですね。けど、幸せを望んじゃいけませんか……私はただ、ふつうの幸せを摑みたかった……惚れた人と所帯を持って、可愛い子を儲けて、平凡で、親子水入らずで……」

「…………」

「親子水入らずで……凪いだ海のように、ゆったりとした暮らしの中で、年を重ねて、おばあちゃんになって……それだけなのに……ぜんぶ逃げちまう」

「…………」

「ねえ、船手の旦那……どうしてなんでしょうねえ……どこで風向きが変わったんでしょうかねえ」

遊女になる前に、どういう人生だったかは薙左には分からない。じっと聞いていて、ふいに突き上げてくるものがあった。

——兼吉が望んでいたのは、このことではないか。子供なりに、不幸な女がいることに耐えられなかったのではないか。

毎日、よろず船で色々な人間を見ていて、『雪螢』という所だけが不幸であることに、兼吉はずっと違和感を抱いていたに違いない。だから、「助けて」という文を見たとき、居ても立ってもいられなかったのだ。

——本当は、俺たち大人が助けなければならないのだ。

改めて、薙左はそう感じると、妙な胸騒ぎがして、落ち着かない熱いものが腹の底から湧き上がってきた。

「あんたは、これから、まだまだ幸せになれる。若いんだ。幾らでもやりなおせる。いい人とめぐり逢って、やや子を産んで、おばあちゃんになれる」

「旦那……」

「だから、なあ、おきん……コロの舟唄を忘れなきゃ、きっと幸せになれる……これから、いくらだって……」

唇をきりりと結んで頷く薙左を、おきんは潤んだ瞳で見つめていた。

「おいおい……」

伊藤が茶々を入れようとしたが、薙左は断固、この遊女は殺しをしていないと断じ、すぐさま本当の下手人を探す、そして、『雪螢』をぶっ潰すと言った。

「はあ？　おまえ、頭がおかしくなったか」

「あんたほど、おかしくはありませんよ、伊藤様」

「なんだと」

「鬼六殺しの下手人を躍起になって調べているのは、『雪螢』の町名主、銀兵衛から、毎度、幾ばくか袖の下を貰っているからでしょ？　一件がさっさと片付けば、おきんも始末して、鬼六の弔いもできるしね」

どきりと見やる伊藤に、薙左は微笑み返して、

「正直なお方だ。そこが、伊藤様のいいところですよ」

「舐《な》めてるのか、てめえ！」

「とにかく、いいですね。下手人は他にいます。証拠は、鬼六の背中の傷だ。上背のある鬼六の背中を、上から下に向かって突き抜いている。おきんの仕業じゃない」

「！……」

「それと……実は、こんなものが」

と一枚の手拭いを出して見せた。鶴と亀のめでたい紋様のものだ。

「この手拭いは、鬼六が見つかったとき、しっかりと手に握られていたものだ。も

しかしたら、鬼六を殺した奴がしていた頬被りか何か、かもしれぬ」

「塵芥だらけの掘割に落ちたときに、思わず摑んだものかもしれないじゃねえか」

「その通り。掘割……掘割のことだからこそ、やっぱり、この一件は、私たち船手奉行所に戻して貰います。いいですね」

薙左は有無《うむ》を言わさぬと伊藤を睨むと、吟味方与力が、

「伊藤……ほんとうに袖の下なんぞを……」

と非難の目で見やった。

「あ、いえ、私は……そんな、違います……ええ、決して……」

しどろもどろになる伊藤の態度で、吟味方与力も何が真実か見抜いたようだった。

八

『雪螢』に向かうには、表門のある橋を渡らなければならない。掘割が俗世と苦界を区切る川ならば、表門にある橋が、二つの世界を繋ぐたった一本の道のようだった。

吉原と同じように申刻（午後四時）頃に遊女たちが、ちらほら遊郭の玄関先に顔を出す。酉刻（午後六時）には鐘の音とともに、それぞれの見世の格子の間に、ずらりと化粧をして着飾った女たちが並んだ。妖しい灯火が、遊女たちを艶やかに浮かび上がらせる中、橋を渡ってきた客たちは、開かれたばかりの門から入り、女たちを物色していた。

格子窓の中から、遊女たちの白い手が招いている。殿方たちは、目の色を変えて、あっちへふらふら、こっちへふらふらと好みの女を探してうろついていたが、そんな中で、ひとりの男——薙左だけは、まっすぐ『雪螢』の一番奥の仕舞屋風の屋敷に向かっていた。

ここが、町名主で遊郭の肝煎・銀兵衛の住まいである。

玄関先には松明がふたつ焚かれており、夜通し辺りを照らしていた。殊に、おきんが逃げ出してからというもの、番人の数も増やし、少しでも怪しげな動きをした者は、すぐに捕らえて厳しい罰を与えた。

銀兵衛の屋敷の玄関先に立った薙左は、いつもの船手の白羽織白袴ではなく、着流しの浪人風だったから、客の群れに混じり、表の門番の目にも止まらなかったのだ。

「銀兵衛はいるか！」

いきなり腹の底から唸り出す薙左の声に、数人の忘八たちが、ぞろぞろと飛び出してきた。いずれも癖のある顔ばかりで、

「なんでえ、若造ッ。町名主様を呼び捨てにするたあ、どういう了見でえ」

兄貴分格の者が吠えたが、薙左は涼しい顔で、

「遊びに来たのではない。この町をぶっ潰しにきたのだ。そう伝えろ」

「てめえ。頭がおかしいのか、このやろう」

「出て来ぬなら、こっちから勝手に邪魔するぞ」

敷居を跨いだ途端、忘八たちは薙左に殴りかかってきた。だが、その拳は幽霊にでも立ち向かったように、擦り抜けるだけであった。ほんのわずかに身をかわしただけで、薙左は相手を次々と路上に押しやったのだ。

「やろうッ」

再び殴りかかったが、結果は同じだった。小野派一刀流の免許皆伝であり、関口流柔術の達人である薙左である。町のごろつきが束になってかかっても敵う相手で

はなかった。

それでも性懲りもなく、忘八たちが一斉に匕首を抜き払ったとき、

「やめなさい。腕を斬り落とされるのがオチですぞ」

と玄関の中から野太い声がかかった。

銀の絹布だけで織った羽織姿の初老の男が、そこに立っていた。『雪螢』を仕切っている銀兵衛である。髷も眉毛にも白いものが混じっており、立派な体軀で、仏のような穏やかな目をしている。

「お客人。私に用があるようですが、話ならば、中で聞きましょう」

「望むところだ。篤《とく》と相手して貰うぞ」

薙左らしからぬ横柄な物腰で、銀兵衛を見上げた。銀兵衛の穏やかな態度は、外面に過ぎないことを、薙左はよく知っていたからである。

二階の座敷に通された薙左に、銀兵衛は酒膳を運ばせた。そこには、文鎮に見せかけた小判も数枚重ねていたが、

「このようなものはいらぬ。俺は、南町の伊藤さんとは違うのでな」

と突っぱねた。銀兵衛は薄い唇に笑みを浮かべて、

「承知してますよ、船手奉行所同心の早乙女薙左様」

「ほう。やはり、伊藤さんから早手回しに……ならば、話が早い」

「無駄なことです」

銀兵衛は機先を制するように言うなり、箱火鉢にポンと煙管《キセル》を叩きつけて、

「私はねえ、早乙女様……この町を取り仕切るようになって、二十年になるのです。あなたがまだ……それこそ、ヨチヨチ歩きの赤ん坊の頃からです」

「だから？」

「町を潰すなどと豪語しても、どうにもなりませんよ、ということです」

「…………」

「可哀想な女郎を助けたい。それは結構な話です。ですがね、旦那。世の中には、女郎しかできない女もいますし、好んでこの仕事をする女もいるのです」

「そこにつけこんで、おまえたちは莫大な上前をはね、我が世の春を楽しんでいる」

「それは違いますな」

「どう違うのだ」

「清く正しく美しく……そして、何の澱みもない綺麗なところばかりを見て生きられれば、幸せでございましょう。旦那のように……ですが、世の中、清流ばかりじゃない。澱みが沢山ある。私はね、早乙女様……そのような穢れて憐れな者たちのために、『雪螢』を任されているのです」

「それこそ綺麗事はよい。わざわざ汚しているのは、おまえのような輩だ。何の罪もない女をにっちもさっちもいかぬように陥れ、親切ごかしに苦界に引きずり込む。違うか！」

「困りましたな……私にどうしろと？」

溜息混じりに目を細める銀兵衛を、薙左はまっすぐ見つめたまま、

「黙ってここから出ていけ」

「はあ……？」

「しこたま溜め込んだ金はあるだろう。子分たちを連れて、この町から出て行け。そして、二度とかような苦界を作るな」

あまりにも唐突なことを言う薙左に、銀兵衛は苦笑から、声を出して笑うようになり、やがて爆笑に変わった。廊下に控えている忘八たちが、つられて笑う声も聞

こえた。

「これは、これは……かなり浮かれた御仁ですなぁ……アハハ……私は町名主ですよ。そんなこと、たかが船手番同心に命じられる筋合いではありません。アハハハ」

腹を抱えて笑う銀兵衛に、薙左は真顔のまま続けた。

「町名主とはいっても、町奉行や町年寄支配の正式なものではないはず。ここは元々、天満宮の御領地だったから、寺社奉行が扱っているだけ。町方が見廻りをしているとはいえ、おまえが好き勝手にしているだけのこと。つまりは、おまえはこの地に住むことすら、本来、できぬ奴なのだ。さあ、出て行けッ」

仏のような銀兵衛の目がギラリと鋭く光った。

「大概にしときなよ、旦那……嫌だと言ったらどうするンでえ」

「ふん。ようやく地金を現したな」

「からかうンじゃねえや！　よう！　どうするつもりでえと訊いてンだ！」

「――斬るッ」

薙左がためらいもせず、覚悟を決めた声で言いのけ、刀の鯉口を切った途端、廊下の忘八たちが刃物を摑んでぞろりと立ち上がった。

「てめえらは、どうせ忘八だ。死んだところで泣く親兄弟もおるまい」

「黙って言わせておけば……！」

　銀兵衛が立ち上がり、床の間の長脇差を掴もうとした途端、薙左の居合が鋭く走り、シュッと音がした。

　次の瞬間――銀兵衛の帯がハラリと落ちた。

　凝然と立ち尽くす銀兵衛を庇うように、忘八たちが踏み込んできた。その足下を薙左の刀が、まるで薙刀のように払った。うわっと悲鳴を上げて転がる忘八たちを蹴倒すと、薙左は刀を構え直して、ぶざまに着物の裾を垂らしている銀兵衛に切っ先を突きつけて、

「さあ。どうする。大人しく出て行くか」

「こんなことして……ただで済むと思っているのか……役人だからって……いい気になってると命がねえぞ」

「私は本気だ。どうする。次は遠慮なく、その首を刎ねる」

　ごくりと銀兵衛が生唾を飲んだとき、近くでバチバチと材木か炭が弾けるような音が聞こえた。同時に、灯籠や行灯あかりが洩れる通りに、煙があっという間に広

がった。

「!?――」

開け放たれたままの障子窓から、薙左が外を見やると、遊郭の町一帯のあちこちに火の手が上がっている。

「なんだ……どうしたのだ！」

狼狽した銀兵衛は火を消そうとするどころか、忘八たちに向かって、悲痛に叫んだ。

「金だ、金だ！　蔵の金を持って逃げるぞ！　早くしろ！　こんな安普請の女郎屋なんぞ、すぐに燃えてしまう！　急げ、早く早く、急げえ！」

叫ぶ銀兵衛の声は裏返っていた。すぐに火の手が廻ると分かっているかのように、銀兵衛は我先にと逃げ出した。

「待て、このやろう！」

薙左は追いかけようとしたが、そのようなことをしている間もない。一刻も早く火を鎮めなければ、客や遊女たちが巻き込まれてしまう。

徐々に広がる炎の通りの中で――デンと地面に座っている男の姿があった。

過日、兼吉を助けた男である。

むろん、薙左が知る由もないが、逃げ惑う客や遊女の間で、その男が毅然と薙左を見上げていた。その手には、小さな油桶が握られていた。

「まさか……おい……！」

薙左はその男の顔を焼きつけるように見ていたが、さらに煙が広がって、それとともに姿が消えてしまった。

「待て！　何をした！　おい、待てえ！」

慌てて駆け下りた薙左の前に、掘割に係留してた船から乗り込んできた船手奉行所の面々が、大声で人々を避難させながら、火を消し始めた。

まるで地獄絵が広がるような騒動を、薙左は啞然と眺めていたが、はたと我に返って、人々を懸命に避難させるのであった。

九

それから、数日後――。

コロを舳先に乗せた兼吉のよろず船が、いつものように木場界隈の堀川に浮かんでいた。舟唄と鐘の音と、コロの鳴き声が、のどかな日射しの中で、心地よく響いていた。

とある船着場に船を寄せた兼吉に、薙左はぶらりと近づいた。

「よう、兼吉。相変わらず繁盛しているじゃないか」

「それほどじゃねえや。カツカツでえ」

ニッコリと笑う笑顔も、いつもの兼吉の姿だった。

「それにしても、この前のあの火事……びっくりしたぜ、ほんと。あっという間に『雪螢』の町が燃えちまったもんなあ」

誰かが付け火をしたという噂だが、それは町方でも調べたものの、不明のままだった。

ただ、火事になる前に、遊郭の肝煎の銀兵衛の蔵から、ざっと五百もの大金が盗まれていたことが分かっている。その盗みをした賊が、火をつけて逃げたのではないか、と思われている。

そこから盗まれた金は、おおむね江戸中の貧しい長屋にバラ撒《ま》かれたから、

――またぞろ、〝竜宮の辰蔵〟の仕業に違いない。

という噂が流れた。

その真相も闇から闇に消えたが、それよりも木場周辺の者たちにとっては、『雪螢』がなくなったことが、何となく嬉しかった。大火事になったものの、郭をぐるりと取り囲んでいる堀が幸いした。凪もほとんどなかったことから、他に延焼しなかったからである。

遊女や忘八たちも、船手番同心らのお陰で逃げるのが早かったので、数人の怪我人は出したものの、死人がひとりも出なかったのは不幸中の幸いだった。また、町火消しが駆けつけたのが早かったからである。

「あんな遊郭なんてところは、なくなってよかった。でもよ……」

兼吉は鼻の頭を掻きながら、

「『雪螢』は結構な稼ぎにはなってたからな、ちょいと勿体《もったい》ない気もするけどなあ」

「しょってやがる」

「噓、噓……それより、おきん姉ちゃん、幸せになってくれてるかなあ。昔、惚れあったっていう人と会って」

鬼六殺しの下手人として捕らえられたことがあるなど、兼吉は知らない。自分が逃がしたまま、どこか遠くの空で暮らしはじめたと思っている。

それは嘘ではない。

薙左は、南町奉行所から連れ出した直後、戸田泰全の調べを受けてから、

——無罪放免。

となり、好きな所へ行かせた。

江戸にいれば、また嫌なことを思い出す。惚れあった男は別の人生を歩んでいる。心機一転、おきんは上方にでも行って、新しい暮らしをすると旅立った。

むろん、兼吉の知らないことだが、いつか必ず文を出すと、薙左に約束をした。そのときには、御礼の言葉を沢山述べるであろう。そして、幸せであることは間違いないと、薙左は信じていた。

「ところでよ、薙左の旦那……」

「ん？」

「あの火事の晩、変なことがあったんだ」

「変なこと？」

凄い火事だったから、長屋の人々も表に飛び出して、真っ赤に燃えさかる方を心配そうに見ていた。

そのとき、ジャランジャラン――と激しい音がするので振り返ると、長屋の木戸口から入ってきた頬被りの男が、丁度、兼吉の家の前に来ていて、何かを土間に投げ込んだようだったのだ。

「こんな貧乏長屋に、火事場泥棒なんて来ないだろうに……と思って、おいらが部屋に戻ってみると、なんと……土間に百両くらいの小判があるんだよ」

母親は布団に寝ていたままだが、その音に驚いて起き上がったが、人影はすうっと通り過ぎて、厠のある裏手から逃げ去ったというのだ。

「おいら、慌てて、追いかけたんだけどよ、逃げ足の速い奴で、あっという間に姿を晦《くら》ましてしまった」

「そんなことが……」

「もしかして、流行りの〝竜宮の辰蔵〟かと思ったけれど……それにしても百両は恐い。だから、自身番に届けたんだ。そりゃ、大金があれば、おっ母さんの薬も沢山買えるけれど、もし人様から盗んだ金だったら、後味が悪いもんなあ」

「そうだな。兼吉、おまえは偉いぞ」

「一枚くらい貰ってもバチが当たらないかと思ったけど、ぜんぶ持ってった」

偉い偉いと頭を撫《な》でた薙左に、兼吉はガキじゃないんだからと振り払って、

「そのとき、もうひとつ不思議なことがあったんだ」

「ほう、なんだ」

「コロが吠えなかったんだ。その小判を投げて逃げた妙な奴に」

「…………」

「もしかしたら、お父っつぁんかと思ってさ……コロが一番懐いていたのは、お父っつぁんだったから……でも、そんなこと、あるわきゃねえよな。あのバカ親父《おやじ》がな」

兼吉は達観した顔でそう言うと、これからまだ〝行商〟だと船着場から離れ、朗々とした声で歌いながら櫓を漕いだ。

掘割がいくつも交差している。その先の小さな橋の下をくぐってゆく兼吉の船を見送っていた薙左は、目を細めて、「頑張れよ」と呟いた。

その背中をポンと押された。

「あッ、わあああ……！」

掘割に落ちそうになったが、ようやく踏ん張った。

「何をするッ」

振り返ると、そこには、おかよが立っていた。いつもより少し派手な振袖である。

これから、茶会があるとかで、おめかしをしているのだ。

「いいんですか、船手番同心のくせに、あんなことをして」

「あんなこと？」

「ええ。見逃していいんですか……って言っているのです」

「何の話だい」

「あら……私を誰だと思ってるんです？　畏《おそ》れ多くも……」

「町年寄奈良屋のひとり娘……」

「冗談はいいです」

「おまえの方が振ったのではないか」

「本当に、お父様は心配しております。でも、こんなことは、今度だけですよ。薙左さんが私の婿になってくれるかもしれないから、ふたりだけの秘密を作ったのです」

薙左は困ったように頭を掻いた。

「誤魔化《ごまか》し笑いはやめて下さいね……〝竜宮の辰蔵〟は、実は兼吉坊のお父っつぁんだった。たまさか、遊女を逃がすところを見て、鬼六を殺して、兼吉坊たちを逃がした。でないと、逆に兼吉坊が殺されていた、きっと」

「…………」

「あなたは、兼吉坊のお父っつぁんが、鬼六殺しの下手人と睨んだ……あの手拭いで……〝竜宮の辰蔵〟が目印にと、あちこちに落としていたのと同じ柄ですものねえ」

「…………」

「で、辰蔵に話を持ちかけた。鬼六殺しのことは、〝くらがり〟に落とす」

くらがりに落とすとは、探索を「日限尋ね」から「永尋ね」にすること。今でいう迷宮入りにすることである。

「その代わり、『雪螢』の遊女たちを救うために、火事を起こして遊郭街を灰燼《かいじん》にする。そのために、事前に町火消しや船手も火事に備えていた」

「………」

「極悪非道ばかりをして、銀兵衛が溜め込んだ金は遊女たちに返してやり、残りは〝竜宮の辰蔵〟がバラ撒く……という筋書き」

「はあ……」

深い溜息をついて、薙左は曖昧な笑みを浮かべた。

「浄瑠璃の作者にでもなればいい。そんなに上手く運ぶものかねえ」

「運ぶんです……だって……」

「だって？」

「実は、実は……」

「なんだよ、勿体つけるんじゃないよ」

「〝竜宮の辰蔵〟の元締は、私のお父様、奈良屋市右衛門ですからッ」

「――うそ」

「はい。嘘です。でも、この秘密、薙左さんと私だけのもの。誰にも言ってはいけませんよ。秘め事よ。秘め事よ」

秘め事よ、という言い草が、なんとも妖艶《ようえん》であったが、薙左は逃げ出したい気分だった。もちろん、薙左は真実を知っている。

おかよは自分で考えた筋書きが正しいと思っているようだが、少しばかり違う。第一、薙左がわざと火を付けたりするわけがない。これには、ちょっとした裏話があった。

火事が治まった後、付け火をした男が薙左の前に、お恐れながらと現れたのである。そして、その前に、兼吉とおきんを助けるために、鬼六を刺し殺したことも吐いた。

だが、色々と話を聞くうちに、薙左はこの男を獄門にはできないと感じた。

「とんでもありやせん……あっしが、あの子を助けたのは、自分の子だからじゃありやせん。赤の他人です……でも、あの兼吉が、あまりにも幼気なかったからです……毎日、毎日、『雪螢』によろず船を漕いで来ている姿を見て、『こんな小さな子がまっとうに働いているのに、あっしときたら、盗っ人稼業で情けねえ』と思ってました……へえ、旦那のお察しのとおり、あっしは世間で騒がれてる〝竜宮の辰蔵〟でごぜえやす……義賊？　とんでもありやせん。そんな格好のいいものじゃねえ……可哀想な人にバラ撒くのは、親切心じゃねえ。いわば免罪符でさ……盗んだ金から、二分か三分、誰かに恵んでおけば、てめえはお縄になることはない。ただの験担ぎでして……それに、俺が盗んだ金を誰かが使えば、そいつも同罪だってね……安心したかっただけで、へえ……で、隠れ家に使っていた『雪螢』で、兼吉を時々、見ていて……ずっと昔、病で亡くした子供を思い出しやしてね……あっしは長居の客として、あの町にいやしたから、兼吉とも話したことはあるし、コロも懐いてやした、へえ……申し訳ありやせん……どう転んだって、盗っ人……その曲がった根性は死んでも直りやせん。今はただ……亡くした女房と子供に懺悔したい気持ちです。これを最後に、〝竜宮の辰蔵〟は決して現れやせん。誰の前にも……旦那の温情、痛み入りやす。幾ら極悪人でも、人は人……あっしは鬼六を殺したことを一生かかってでも、供養いたしやす」

ふたりだけの船の上で、涙ながらに語った辰蔵の顔を、薙左は忘れることができなかった。このことは、戸田にも加治にも報せていない。

——これでよかったのか……悪かったのか……。

少なくとも役人として、犯してはならないことだった。しかし、本当は見抜かれているのか、今朝も、戸田の見る目がにやにやしているのが、妙に気になる薙左であった。

今日も暑くなりそうだ。

夕凪がまた来そうな、穏やかな江戸日和《びより》だった。

この作品は書き下ろしです。

船手奉行《ふなてぶぎょう》うたかた日記《にっき》

風《かぜ》の舟唄《ふなうた》

井川香四郎《いかわこうしろう》

平成22年6月10日　初版発行

発行人――――石原正康
編集人――――永島賞二
発行所――――株式会社幻冬舎
〒151-0051東京都渋谷区千駄ヶ谷4-9-7
電話　03(5411)6222(営業)
　　　03(5411)6211(編集)
　　　振替00120-8-767643
印刷・製本―中央精版印刷株式会社
装丁者――――高橋雅之

幻冬舎時代小説文庫

ISBN978-4-344-41487-7　C0193　い-25-6